全新修訂版

日檢N5 聽解總合對策

日檢聽解名師 今泉江利子 著

N5聽解 必考 重點整理 + 圖解 流程分析 四大題型 + 4回 全新 模擬試題 = 最完整的聽解祕笈

每天背10個單字或句型 ⋯ 20天掌握必考關鍵字！

每週寫1回模擬試題 ⋯ 4週有效訓練作答能力！

考前反覆聽MP3 ⋯ 熟悉語速不驚慌！

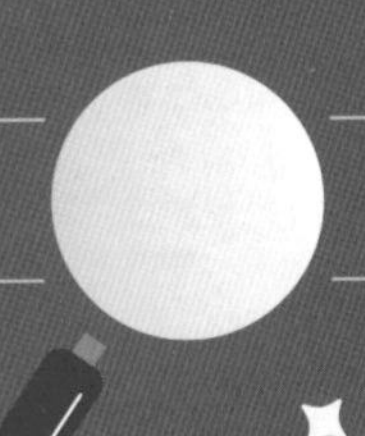

日檢 N5 聽解總合對策 / 今泉江利子著 ; 游翔皓 , 詹兆雯譯 . -- 修訂一版 . -- 臺北市 : 日月文化 , 2018.12
面； 公分 . -- (EZ Japan 檢定 ; 31)
ISBN 978-986-248-766-2（平裝附光碟片）
1. 日語 2. 能力測驗
803.189 107016906

EZ JAPAN 檢定 31

日檢N5聽解總合對策（全新修訂版）

作　　者：今泉江利子
譯　　者：詹兆雯、游翔皓
主　　編：蔡明慧
編　　輯：彭雅君、黎虹君
編輯小組：鄭雁聿、顏秀竹、陳子逸、楊于萱
錄　　音：今泉江利子、仁平亘、吉岡生信
封面設計：亞樂設計
內頁排版：簡單瑛設
錄音後製：純粹錄音後製有限公司

發 行 人：洪祺祥
副總經理：洪偉傑
副總編輯：曹仲堯
法律顧問：建大法律事務所
財務顧問：高威會計師事務所
出　　版：日月文化出版股份有限公司
製　　作：EZ叢書館
地　　址：臺北市信義路三段151號8樓
電　　話：(02)2708-5509
傳　　真：(02)2708-6157
客服信箱：service@heliopolis.com.tw
網　　址：www.heliopolis.com.tw
郵撥帳號：19716071 日月文化出版股份有限公司

總 經 銷：聯合發行股份有限公司
電　　話：（02）2917-8022
傳　　真：（02）2915-7212
印　　刷：中原造像股份有限公司
修訂一版：2018年12月
修訂一版4刷：2023年12月
定　　價：320元
I S B N：978-986-248-766-2

本書特色

掌握聽解關鍵語句，是捷徑！

今泉江利子老師累積多年觀察日檢考試出題方向，彙整了常出現的單字、句型、慣用語、口語表現。讓你快速掌握題目關鍵用語。

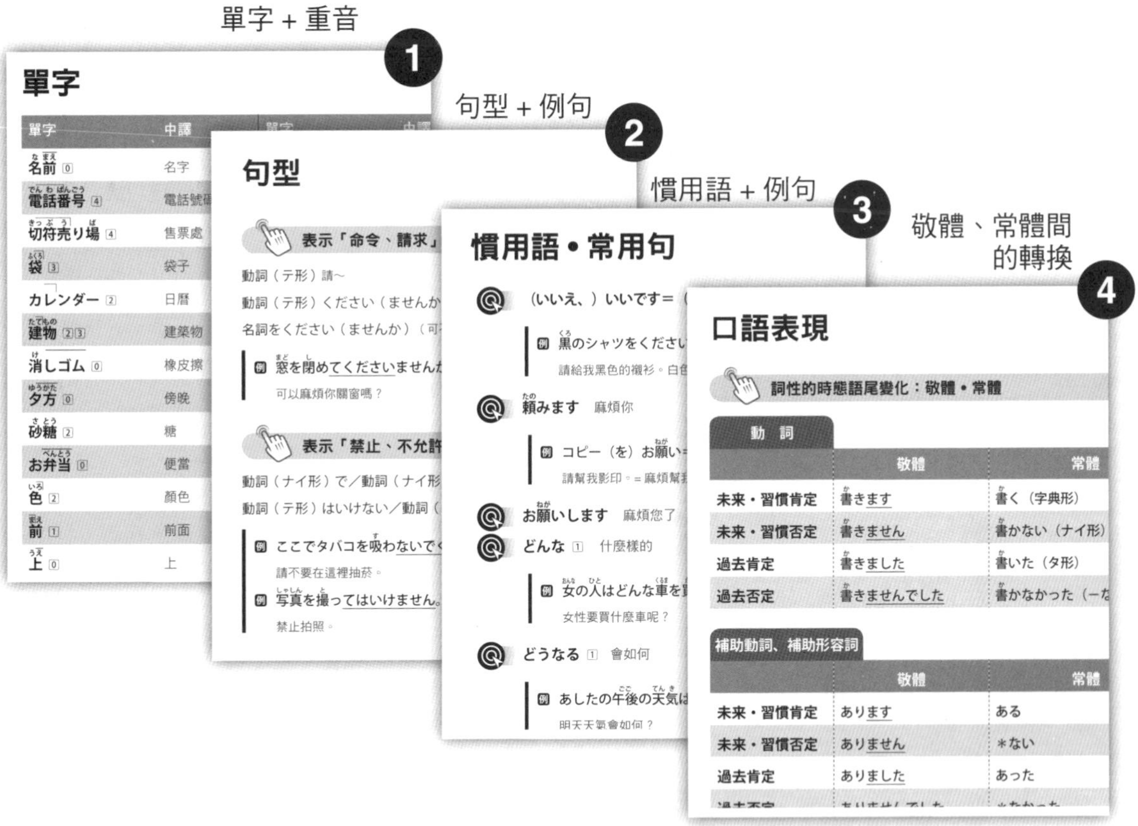

單字＋重音 1

單字

單字	中譯
名前 0	名字
電話番号 4	電話號碼
切符売り場 4	售票處
袋 3	袋子
カレンダー 2	日曆
建物 2 3	建築物
消しゴム 0	橡皮擦
夕方 0	傍晚
砂糖 2	糖
お弁当 0	便當
色 2	顏色
前 1	前面
上 0	上

句型＋例句 2

句型

表示「命令、請求」

動詞（テ形）請～

動詞（テ形）ください（ませんか

名詞をください（ませんか）（可

例 窓を閉めてくださいませんか

可以麻煩你關窗嗎？

表示「禁止、不允許

動詞（ナイ形）で／動詞（ナイ形

動詞（テ形）はいけない／動詞（

例 ここでタバコを吸わないで

請不要在這裡抽菸。

例 写真を撮ってはいけません。

禁止拍照。

慣用語＋例句 3

慣用語・常用句

（いいえ、）いいです＝（

例 黒のシャツをください

請給我黑色的襯衫。白色

頼みます 麻煩你

例 コピー（を）お願い＝

請幫我影印。＝麻煩幫

お願いします 麻煩您了

どんな 1 什麼樣的

例 女の人はどんな車を買

女性要買什麼車呢？

どうなる 1 會如何

例 あしたの午後の天気は

明天天氣會如何？

敬體、常體間的轉換 4

口語表現

詞性的時態語尾變化：敬體・常體

動詞

	敬體	常體
未來・習慣肯定	書きます	書く（字典形）
未來・習慣否定	書きません	書かない（ナイ形）
過去肯定	書きました	書いた（タ形）
過去否定	書きませんでした	書かなかった（一な

補助動詞、補助形容詞

	敬體	常體
未來・習慣肯定	あります	ある
未來・習慣否定	ありません	＊ない
過去肯定	ありました	あった

必勝關鍵：請大聲複誦，加強語感。同時考前再複習一下，加深記憶。

理解四大題型，是第一步！

完全剖析聽解四大題型的題型特性、答題技巧、答題流程。更將答題流程圖解化，方便輕鬆快速掌握答題節奏。雙倍題目量反覆練習，養成日語耳反射作答的境界。

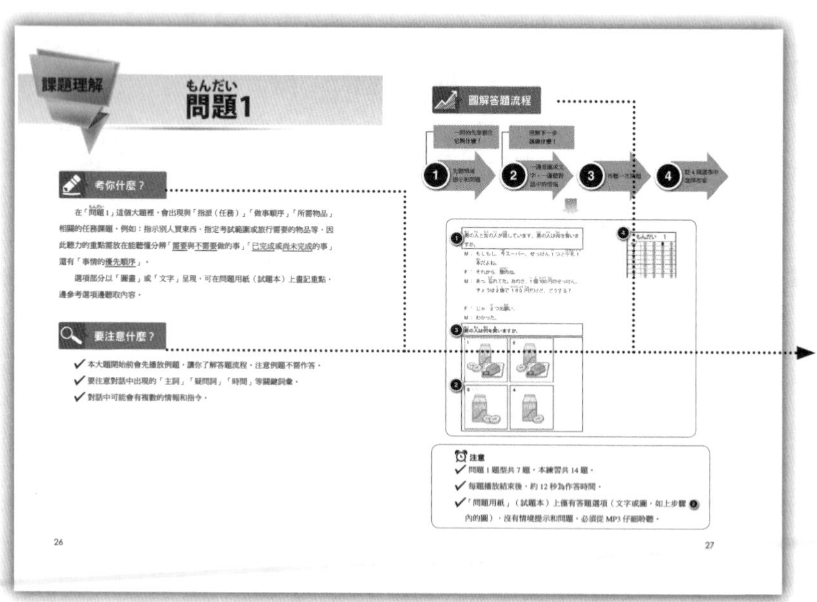

課題理解

もんだい
問題1

考你什麼？

在「問題1」這個大題裡，會出現與「指派（任務）」「做事順序」「所需物品」相關的任務課題，例如：指示別人買東西、指定考試範圍或旅行需要的物品等，因此聽力的重點需放在能聽懂分辨「需要與不需要做的事」「已完成或尚未完成的事」還有「事情的優先順序」。

選項部分以「圖畫」或「文字」呈現，可在問題用紙（試題本）上畫記重點，邊參考選項邊聽取內容。

要注意什麼？

- 本大題開始前會先播放例題，讓你了解答題流程，注意例題不需作答。
- 要注意對話中出現的「主詞」「疑問詞」「時間」等關鍵詞彙。
- 對話中可能會有複數的情報和指令。

圖解答題流程

注意

- 問題1題型共7題，本練習共14題。
- 每題播放結束後，約12秒為作答時間。
- 「問題用紙」（試題本）上僅有答題選項（文字或圖，如上步驟②內的圖），沒有情境提示和問題，必須從MP3仔細聆聽。

26 27

先看一下該大題型要考你什麼？要注意什麼？怎掌握答題流程？

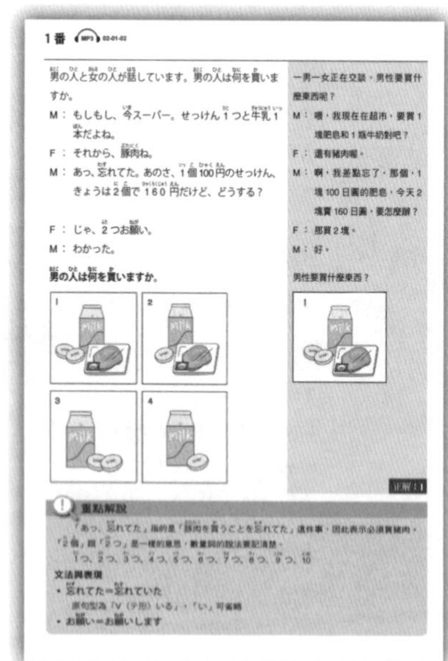

1番 MP3 02-01-02

男の人と女の人が話しています。男の人は何を買いますか。

M：もしもし、今スーパー。せっけん1つと牛乳1本だよね。

F：それから、豚肉ね。

M：あっ、忘れてた。あのさ、1個100円のせっけん、きょうは2個で160円だけど、どうする？

F：じゃ、2つお願い。

M：わかった。

男の人は何を買いますか。

一男一女正在交談，男性要買什麼東西呢？

M：喂，我現在在超市，要買1塊肥皂和1瓶牛奶對吧？

F：還有豬肉喔。

M：啊，我差點忘了。那個，1塊100日圓的肥皂，今天2塊賣160日圓，要怎麼辦？

F：那買2塊。

M：好。

男性要買什麼東西？

正解：1

重點解說

「あっ、忘れてた」指的是「豚肉を買うことを忘れてた」這件事，因此表示必須買豬肉。「2個」跟「2つ」是一樣的意思，數量詞的說法要記清楚。

1つ、2つ、3つ、4つ、5つ、6つ、7つ、8つ、9つ、10

文法與表現

- 忘れてた＝忘れていた

  原句型為「V（て形）いる」，「い」可省略

- お願い＝お願いします

中日對譯搭配重點理解、文法與表現，讓你知道錯在哪？立即導正！

必勝關鍵：圖解答題流程，跟著做完美應試。

模擬考很重要！

三回模擬試題暖身，反覆練習讓你越做越有信心。

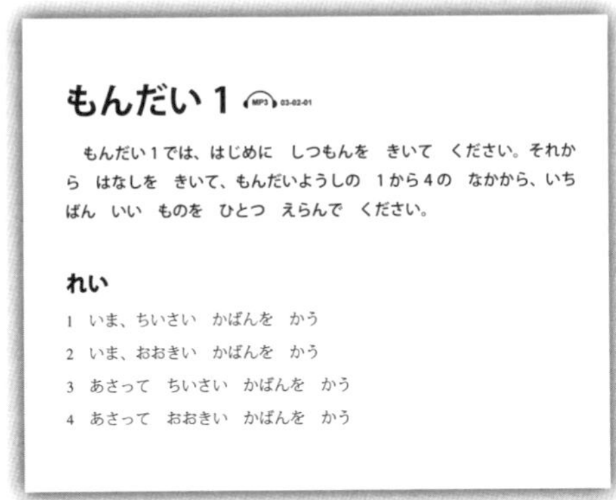

もんだい 1

もんだい 1 では、はじめに しつもんを きいて ください。それから はなしを きいて、もんだいようしの 1から4の なかから、いちばん いい ものを ひとつ えらんで ください。

れい

1 いま、ちいさい かばんを かう
2 いま、おおきい かばんを かう
3 あさって ちいさい かばんを かう
4 あさって おおきい かばんを かう

給老師的使用小撇步

可先將書中的模擬試卷和解答撕下來統一保管，確保預試順利進行。

模擬試卷的考試題目數、出題方向、難易度、問題用紙、答題用紙、錄音語速、答題時間長短完全仿照日檢零落差。請拆下來，進行一回日檢模擬考。這一回將檢視你能掌握多少！

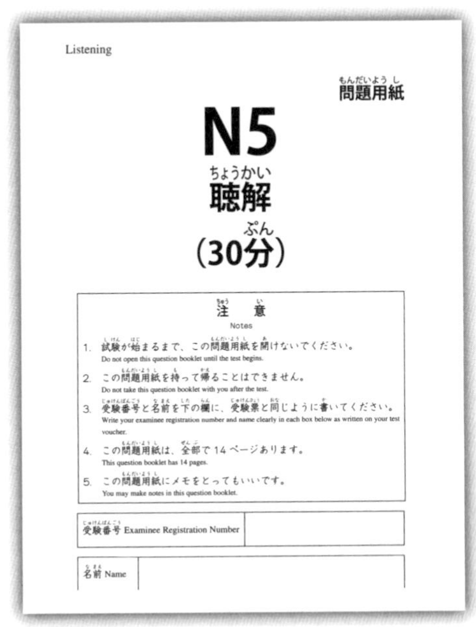

Listening

問題用紙

N5
聴解
(30分)

注　意
Notes

1. 試験が始まるまで、この問題用紙を開けないでください。
Do not open this question booklet until the test begins.
2. この問題用紙を持って帰ることはできません。
Do not take this question booklet with you after the test.
3. 受験番号と名前を下の欄に、受験票と同じように書いてください。
Write your examinee registration number and name clearly in each box below as written on your test voucher.
4. この問題用紙は、全部で 14 ページあります。
This question booklet has 14 pages.
5. この問題用紙にメモをとってもいいです。
You may make notes in this question booklet.

受験番号 Examinee Registration Number	
名前 Name	

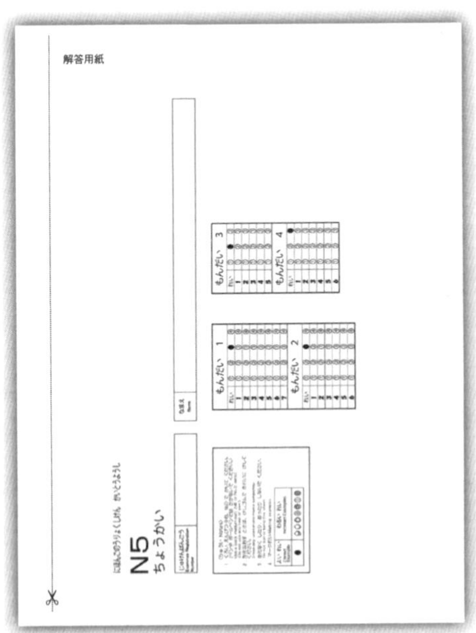

解答用紙

N5 ちょうかい

もんだい 1　もんだい 2　もんだい 3　もんだい 4

必勝關鍵：模擬試卷，請務必進行一次預試。

本書品詞分類表

本書  其他教材使用名稱 

動詞

本書	其他教材使用名稱
動詞、V	動詞、V

動詞活用(變化)

本書	其他教材使用名稱
ナイ形	未然形
マス形	連用形
字典形	辞書形、終止形、連体形
假定形	ば形、条件形
意志形	意向形、意量形
テ形	ます形+て
タ形	ます形+た
可能形	可能動詞
被動形	受身形
使役形	使役形
使役被動形	使役受身形

形容詞

本書	其他教材使用名稱
イ形容詞、A	い形容詞、イ形容詞、A
ナ形容詞、NA	な形容詞、ナ形容詞、NA

名詞

本書	其他教材使用名稱
名詞、N	名詞、N

文型

本書	其他教材使用名稱
敬體	丁寧体、です体•ます体、禮貌形
常體	普通体、普通形

目次

CONTENTS

PART3 模擬試題

別冊　模擬試卷

高頻單字句型
慣用語
口語表現
重點整理

本單元彙整了「日本語能力試驗N5」常出現的「單字」「句型」；「慣用語／常用句」則是聚焦在初學者一定要熟悉的日常招呼、應對用語。N5的「口語表現」較少出現縮約、省略或曖昧表現，而是以「敬體」「常體」間的轉換為重點，請各位精熟本單元的重點整理。

Part 1

單字

單字	中譯	單字	中譯
名前（なまえ） [0]	名字	住所（じゅうしょ） [1]	地址
電話番号（でんわばんごう） [4]	電話號碼	写真（しゃしん） [0]	照片
切符売り場（きっぷうりば） [4]	售票處	交番（こうばん） [0]	派出所
袋（ふくろ） [3]	袋子	ハンカチ [0][3]	手帕
カレンダー [2]	日曆	地図（ちず） [1]	地圖
建物（たてもの） [2][3]	建築物	鍵（かぎ） [2]	鎖
消（け）しゴム [0]	橡皮擦	石鹸（せっけん） [0]	肥皂
夕方（ゆうがた） [0]	傍晚	夕（ゆう）べ [0]	昨晚
砂糖（さとう） [2]	糖	塩（しお） [2]	鹽
お弁当（べんとう） [0]	便當	半分（はんぶん） [3]	一半
色（いろ） [2]	顏色	ポケット [2]	口袋
前（まえ） [1]	前面	後（うし）ろ [0]	後面
上（うえ） [0]	上	下（した） [0]	下
横（よこ） [0]	側邊	角（かど） [1]	轉角
向（む）こう [2]	對面	そば [1]	旁邊
近（ちか）く [1][2]	附近	隣（となり） [0]	隔壁
丸（まる）い [0][2]	圓的	重（おも）い [0]	重的
軽（かる）い [0]	輕的	厚（あつ）い [0]	厚的
薄（うす）い [0][2]	薄的	優（やさ）しい [3]	溫和的
曇（くも）る [2]	天變陰	晴（は）れる [2]	天晴

單字	中譯	單字	中譯
止まる 0	停【自動詞】	止める 0	止住【他動詞】
着く 1	抵達	勤める 3	任職
渡す 0	遞、給	見せる 2	給～看
いる（要る） 0	需要	外に 0	除了～之外
真面目な 0	認真的	大勢 3	許多人
料理する 1	做菜	料理を作る	製作料理
掃除する 0	清掃	洗濯する 0	洗衣服
皿を洗う	洗碗盤	野菜を切る	切菜
買い物する	買東西	テレビをつける	開電視
歯を磨く	刷牙	シャワーを浴びる	淋浴
服を脱ぐ	脱衣服	靴をはく	穿鞋子
シャツを着る	穿襯衫	電気を消す	關電燈
窓を閉める	關窗戶	ドアを開ける	開門
めがねをかける	戴眼鏡	ぼうしをかぶる	戴帽子
雨が降る	下雨	傘をさす	撐傘
体にいい	對身體好	体に悪い	對身體不好的
熱がある	發燒	熱が出る	發燒
電車に乗る	搭電車	バスを降りる	下公車
まっすぐ行く	直走	道を渡る	過馬路
右に曲がる	右轉	お金を払う	付款

句型

表示「命令、請求」

動詞（テ形）請～

動詞（テ形）ください（ませんか）　（可不可以）請你～

名詞をください（ませんか）　（可不可以）請給我～

> 例 窓を閉めてくださいませんか。
>
> 可以麻煩你關窗嗎？

表示「禁止、不允許」

動詞（ナイ形）で／動詞（ナイ形）でください　請不要～

動詞（テ形）はいけない／動詞（テ形）はいけません　不能～、不准～

> 例 ここでタバコを吸わないでください。
>
> 請不要在這裡抽菸。
>
> 例 写真を撮ってはいけません。
>
> 禁止拍照。

表示「願望、希望」

名詞 がほしいです　想要～（東西）

動詞（マス形）たいです　想做～（動作）

> 例 今年の誕生日に私はかばんがほしいです。
>
> 今年生日我想要一個包包。
>
> 例 私は旅行に行きたいです。
>
> 我想去旅行。

表示「邀約、推薦」

動詞（ナイ形）？　要不要～呢？

動詞（マス形）ませんか　要不要～呢？

> 例 時間(じかん)があったら、いっしょに映画(えいが)に行(い)きませんか。【邀約】
>
> 若有時間的話，要不要一起看電影呢？
>
> 例 この赤(あか)い花(はな)と黄色(きいろ)い花(はな)にしませんか。【推薦】
>
> 要不要買這朵紅花和黃花呢？

表示「積極邀約、號召一起做」

動詞（マス形）ましょう　我們一起～吧！

> 例 いっしょに走(はし)りましょう。
>
> 一起跑步吧！

表示「提議」

動詞（マス形）ましょうか　～吧！

動詞（意志形）か　～吧！

> 例 かばんを持(も)ちましょうか。
>
> 我來拿包包吧！

表示「建議」

動詞（タ形）ほうがいいです　最好～

動詞（ナイ形）ほうがいいです　最好不要～

> 例 果物(くだもの)や魚(さかな)も食(た)べたほうがいいですよ。
>
> 水果和魚最好要吃喔！

表示「徵求同意、確認」

動詞／イ形容詞／ナ形容詞／名詞（常體）でしょう↑（句尾語調上揚）

是～吧！～對吧

> 例 おいしいでしょう↑。
>
> 很好吃對吧！

表示「請求許可」

動詞（テ形）もいいですか　可以（做）～嗎？

> 例 家（うち）に帰（かえ）ってもいいですか。
>
> 可以回家了嗎？

表示「推測」

動詞／イ形容詞／ナ形容詞／名詞（常體）でしょう↓（句尾語調下降）

> 例 午後（ごご）から雨（あめ）が降（ふ）るでしょう↓。
>
> 下午應該會下雨吧！

表示「義務」：必須～、不～不行

動詞（ナイ形）な~~い~~ければなりません

動詞（ナイ形）な~~い~~ければいけません

動詞（ナイ形）な~~い~~くてはなりません

動詞（ナイ形）な~~い~~くてはいけません

動詞（ナイ形）といけません

> 例 宿題（しゅくだい）をしなければなりません。
>
> 必須做功課。

表示「程度」，後面接否定句

1.「完全否定」的用法：完全不～、連一次都沒有

ぜんぜん＋否定　完全沒有～

一度も＋否定　連一次都沒有～

> 例 一度も日本のお茶を飲んだことがありません。
>
> 一次都沒喝過日本茶。

2.「程度、頻率」的用法：不太～、不常～

あまり＋否定

> 例 甘いものはあまり好きではありません。【程度】
>
> 不太喜歡甜食。
>
> 例 あまり映画を見ません。【頻率】
>
> 不太常看電影。

3.「限定」的用法：只有

名詞だけ

名詞しか＋否定

名詞だけしか＋否定

> 例 机の上には鉛筆と消しゴムしか出してはいけませんよ。
>
> 桌上只能放鉛筆跟橡皮擦喔！

表示「順序」

1. 做～之後，（然後）做～

動詞（テ形）～

動詞（テ形）から～

動詞（タ形）後で～

動詞（テ形）、それから～

動詞（タ形）ら～

> 例 男の子は掃除して、ケーキを食べてから洗濯します。
>
> 男性在打掃、吃蛋糕之後要洗衣服。

2. 做～之前

動詞（字典形）前に

名詞（の）前に～

> 例 テレビを見てもいいよ。あっ、その前に買い物お願い。（＝買い物が先）
>
> 也可以看電視喔！啊，在看電視之前幫我買東西。（買東西先做）

常見單字

すぐに 1 立刻	**ちょうど** 0 正好	**始めに** 0 開始、首先	**後で** 1 之後
また 0 又、再	**まだ** 1 還、尚	**先に** 0 之前、先	**次** 2 下一個

表示「詢問方法」：我想～，請問怎麼做比較好？

～んですが、どうしたらいいですか

～んですが、どうすればいいですか

> 例 お金を出したいんですが、どうしたらいいですか。
>
> 我想要提款，請問該怎麼做？

表示「決定」購買商品時

名詞 にします 我要～

名詞 をください 請給我～

名詞 をお願(ねが)いします 請給我～

名詞 がいい 我要～

そうしましょう 就這麼辦吧

> 例 この小(ちい)さくて白(しろ)いのにします。
>
> 我要這個小的白色。

表示「對比」

1. ～，但～

～は～が、～は～

> 例 僕(ぼく)は野球(やきゅう)は好(す)きですが、サッカーは（好(す)きではありません）。
>
> 我喜歡棒球，但足球就不喜歡。

2. 不～，（而是）

名詞じゃなくて、名詞

> 例 コーヒーじゃなくて、紅茶(こうちゃ)をお願(ねが)いします。
>
> 我不要咖啡，請給我紅茶。

慣用語・常用句

（いいえ、）いいです＝（いいえ、）けっこうです　（不，）不用了

> 例　黒(くろ)のシャツをください。白(しろ)はいいです。
> 請給我黑色的襯衫。白色的不用。

頼(たの)みます　麻煩你

> 例　コピー（を）お願(ねが)い＝コピー（を）頼(たの)むね。
> 請幫我影印。＝麻煩幫我影印喔！

お願(ねが)いします　麻煩您了

どんな 1　什麼樣的

> 例　女(おんな)の人(ひと)はどんな車(くるま)を買(か)いますか。
> 女性要買什麼車呢？

どうなる 1　會如何

> 例　あしたの午後(ごご)の天気(てんき)はどうなりますか。
> 明天下午天氣會如何？

どうする 1　會怎麼做

> 例　女(おんな)の人(ひと)はこれからどうしますか。
> 女性接下來要做什麼（會怎麼做）？

ご注文(ちゅうもん)は？　你要點什麼？

こちらこそ　哪裡哪裡（客套話）

いろいろお世話(せわ)になりました　受您百般照顧了

失礼（しつれい）します　告辭了

お疲（つか）れさまでした　您辛苦了

いらっしゃいませ　歡迎光臨

おかげさまで　託您的福（我很好）

お待（ま）たせしました　讓您久等了

おだいじに　請安心靜養、請多保重

おめでとう（ございます）　恭喜

以下左、右組的發音或意思
很容易搞混喔，請注意！

どうぞ　請～	どうも　問好、感謝用語
ごめんください　有人在家嗎？	ごめんなさい　對不起
お先（さき）にどうぞ　您先請	お先（さき）に失礼（しつれい）します　我先告辭了
お元気（げんき）で　請多保重	お元気（げんき）ですか　你好嗎？

口語表現

詞性的時態語尾變化：敬體・常體

動　詞

	敬體	常體
未来・習慣肯定	書(か)きます	書(か)く（字典形）
未来・習慣否定	書(か)きません	書(か)かない（ナイ形）
過去肯定	書(か)きました	書(か)いた（タ形）
過去否定	書(か)きませんでした	書(か)かなかった（ーなかった）

補助動詞、補助形容詞

	敬體	常體
未来・習慣肯定	あります	ある
未来・習慣否定	ありません	＊ない
過去肯定	ありました	あった
過去否定	ありませんでした	＊なかった

イ形容詞

	敬體	常體（＊~~です~~）
未来・現在肯定	大(おお)きいです	大(おお)きい
未来・現在否定	大(おお)きくないです ＝大(おお)きくありません	大(おお)きくない
過去肯定	大(おお)きかったです	大(おお)きかった
過去否定	大(おお)きくなかったです	大(おお)きくなかった

ナ形容詞	敬體	常體
未来・現在肯定	きれいです	きれいだ・きれい
未来・現在否定	きれいじゃありません ＝きれいではありません	きれいじゃない ＝きれいではない
過去肯定	きれいでした	きれいだった
過去否定	きれいじゃありませんでした ＝きれいではありませんでした	きれいじゃなかった ＝きれいではなかった

＊語尾變化同ナ形容詞

名詞	敬體	常體
未来・習慣肯定	雨(あめ)です	雨(あめ)だ・雨(あめ)
未来・習慣否定	雨(あめ)じゃありません ＝雨(あめ)ではありません	雨(あめ)じゃない ＝雨(あめ)ではない
過去肯定	雨(あめ)でした	雨(あめ)だった
過去否定	雨(あめ)じゃありませんでした ＝雨(あめ)ではありませんでした	雨(あめ)じゃなかった ＝雨(あめ)ではなかった

常見表現

動詞接續變化	敬體	常體
請(你)～【請求】	読(よ)んでください	読(よ)んで
請不要～【依賴】	読(よ)まないでください	読(よ)まないで

不准～　【禁止】	読(よ)んではいけません	読(よ)んではいけない
必須～　【義務】	読(よ)まなければなりません	読(よ)まなければならない
正在～ **【現在進行式】** **【狀況／習慣】** **【從某時間點持續中】**	読(よ)んでいます 働(はたら)いています 結婚(けっこん)しています	読(よ)んでいる 働(はたら)いている 結婚(けっこん)している
會 / 可以～ **【能力 / 可能性】**	読(よ)むことができます	読(よ)むことができる
	例 日本語(にほんご)を話(はな)すことができます。　【能力】 我會說日語。 例 コンビニで荷物(にもつ)を送(おく)ることができます。　【可能】 超商可以寄送行李。	
曾～過　【經驗】	読(よ)んだことがあります	読(よ)んだことがある

イ形容詞接續變化

	敬體	常體（＊~~です~~）
想要～　【希望】	読(よ)みたいです	読(よ)みたい
想要～　【希望】	欲(ほ)しいです	欲(ほ)しい
可以～　【許可】	読(よ)んでもいいです	読(よ)んでもいい

＊用常體說話時，基本上不會加「……か（嗎）」、「……だ」。

＊疑問句回答時，常體通常會加「……の」。

口語常見表現

敬體	常體
はい・ええ	⇒うん
いいえ	⇒ううん
しかし・～が	⇒だけど・～けど
では	⇒じゃ
そうですか？	⇒そう？
そうですか ↓	⇒そう（か）↓

4大題型
圖解答題流程

N5聽解共有「4大題型」，即「問題1」「問題2」「問題3」「問題4」，每種題型各有出題重點及應答技巧。本單元依此4大題型進行分類訓練，每題型的訓練開始前，都有題型解析：本類題型「考你什麼？」「要注意什麼？」以及「圖解答題流程」，請先詳讀後再進行練習！

Part 2

課題理解

問題1

もんだい

考你什麼？

在「問題1」這個大題裡，會出現與「指派（任務）」「做事順序」「所需物品」相關的任務課題，例如：指示別人買東西、指定考試範圍或旅行需要的物品等，因此聽力的重點需放在能聽懂分辨「需要與不需要做的事」「已完成或尚未完成的事」還有「事情的優先順序」。

選項部分以「圖畫」或「文字」呈現，可在問題用紙（試題本）上畫記重點，邊參考選項邊聽取內容。

要注意什麼？

✔ 本大題開始前會先播放例題，讓你了解答題流程。注意例題不需作答。

✔ 要注意對話中出現的「主詞」「疑問詞」「時間」等關鍵詞彙。

✔ 對話中可能會有複數的情報和指令。

圖解答題流程

一開始先掌握住**它問什麼！**

理解下一步**該做什麼！**

1 先聽情境提示和問題

2 一邊看圖或文字，一邊聽對話中的情報

3 再聽一次問題

4 從 4 個選項中選擇答案

❶ 男の人と女の人が話しています。男の人は何を買いますか。

M：もしもし、今スーパー。せっけん 1 つと牛乳 1 本だよね。

F：それから、豚肉ね。

M：あっ、忘れてた。あのさ、1 個 100 円のせっけん、きょうは 2 個で 160 円だけど、どうする？

F：じゃ、2 つお願い。

M：わかった。

❸ **男の人は何を買いますか。**

❷

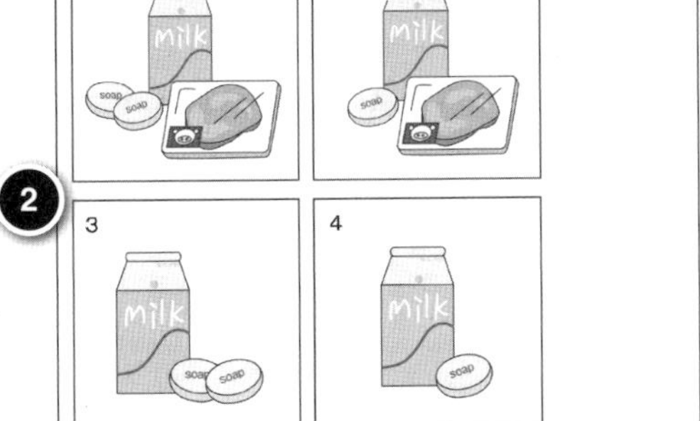

❹

もんだい 1				
れい	①	②	●	④
1	①	②	③	④
2	①	②	③	④
3	①	②	③	④
4	①	②	③	④
5	①	②	③	④
6	①	②	③	④
7	①	②	③	④

注意

✔ 問題 1 題型共 7 題，本練習共 14 題。

✔ 每題播放結束後，約 12 秒為作答時間。

✔「問題用紙」（試題本）上僅有答題選項（文字或圖，如上步驟 ❷ 內的圖），沒有情境提示和問題，必須從 MP3 仔細聆聽。

もんだい 1 MP3 02-01-01

もんだい１では、はじめに　しつもんを　きいて　ください。それから　はなしを　きいて、もんだいようしの　１から４の　なかから、いちばん　いい　ものを　ひとつ　えらんで　ください。

1ばん MP3 02-01-02

1

2

3

4

2 ばん MP3 02-01-03

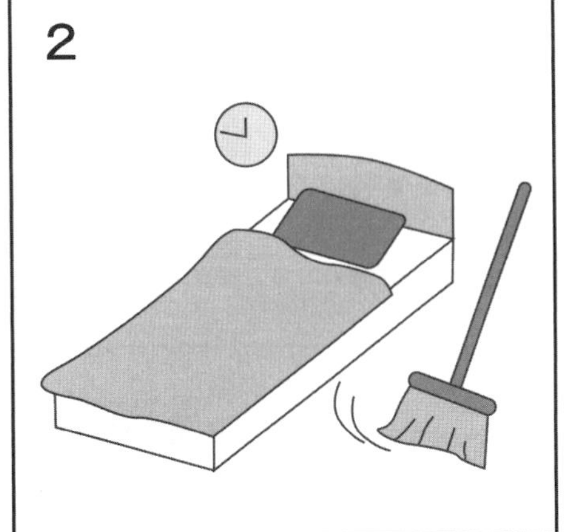

3 ばん MP3 02-01-04

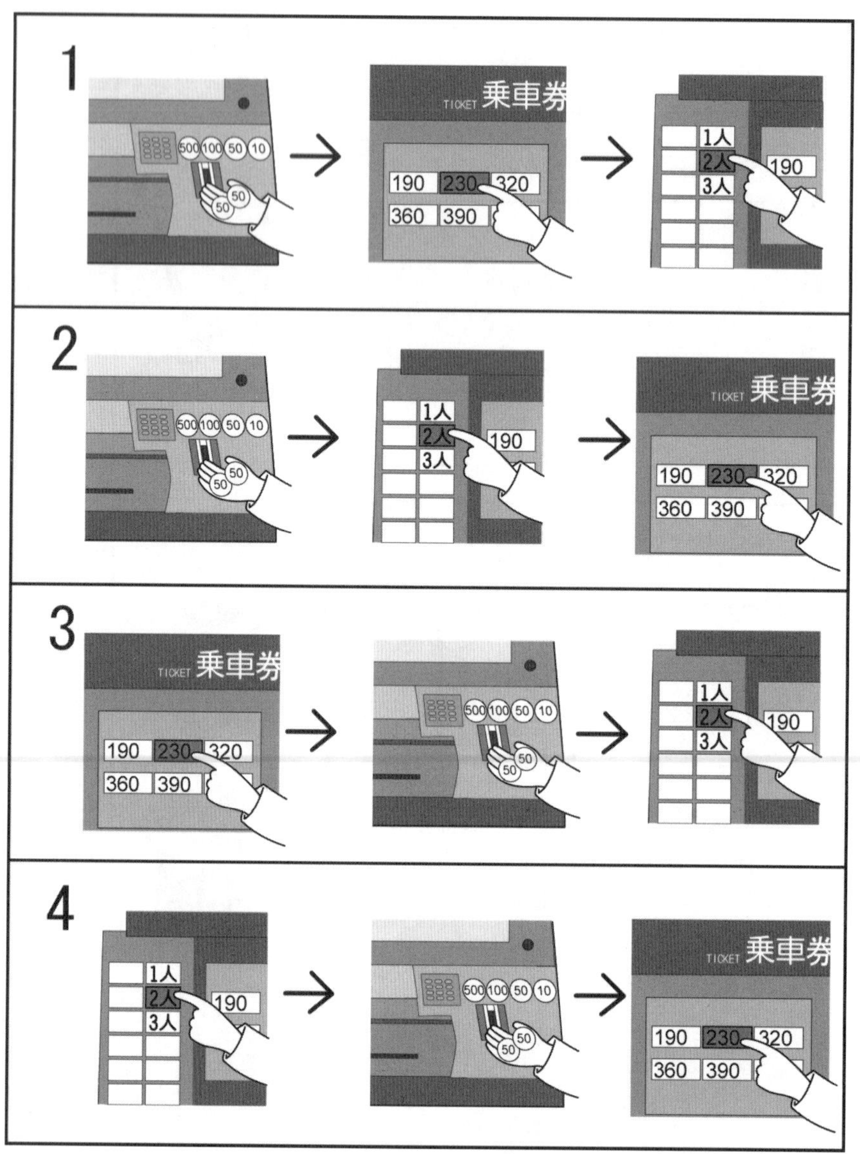

4ばん MP3 02-01-05

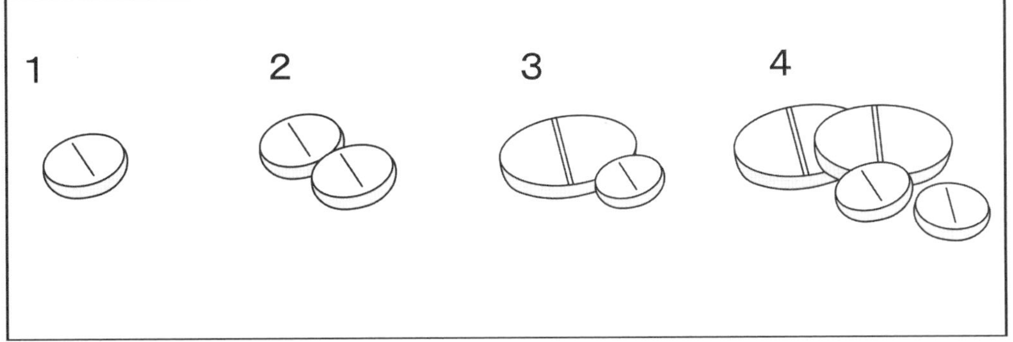

5ばん MP3 02-01-06

6ばん MP3 02-01-07

1

図書館カード発行申請書

1234567

氏名 木下真理子	□M □F
住所 東京都港区芝公園1−1−1	
TEL 03-5411-1111	携帯電話 090-90001111

2

図書館カード発行申請書

1234567

氏名 木下真理子	□M □F
住所 東京都港区芝公園1−1−1	
TEL	携帯電話

3

図書館カード発行申請書

1234567

氏名 木下真理子	□M □F
住所 東京都港区芝公園1−1−1	
TEL 03-5411-1111	携帯電話

4

図書館カード発行申請書

1234567

氏名 木下真理子	□M □F
住所 東京都港区芝公園1−1−1	
TEL	携帯電話 090-90001111

7 ばん MP3 02-01-08

1　38 ページ

2　39 ページ

3　40 ページ

4　41 ページ

8 ばん MP3 02-01-09

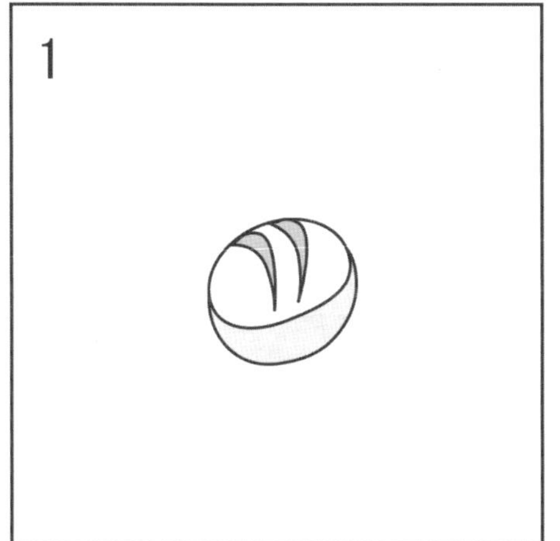

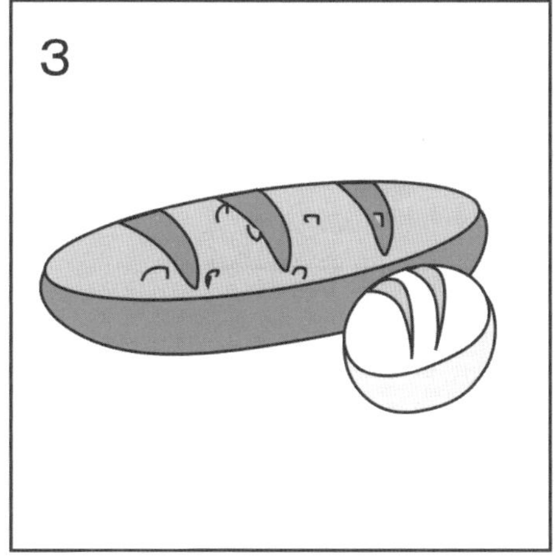

9ばん MP3 02-01-10

チェックリスト	
□	かさ 傘
□	おとこ ひと ふく 男の人の服
□	おんな ひと ふく 女の人の服
□	ち ず 地図
□	ぼう し 帽子

1 ア イ ウ エ

2 ア イ ウ

3 ア イ オ

4 ア ウ エ オ

10 ばん MP3 02-01-11

1　750 えん

2　850 えん

3　1,080 えん

4　1,230 えん

11 ばん MP3 02-01-12

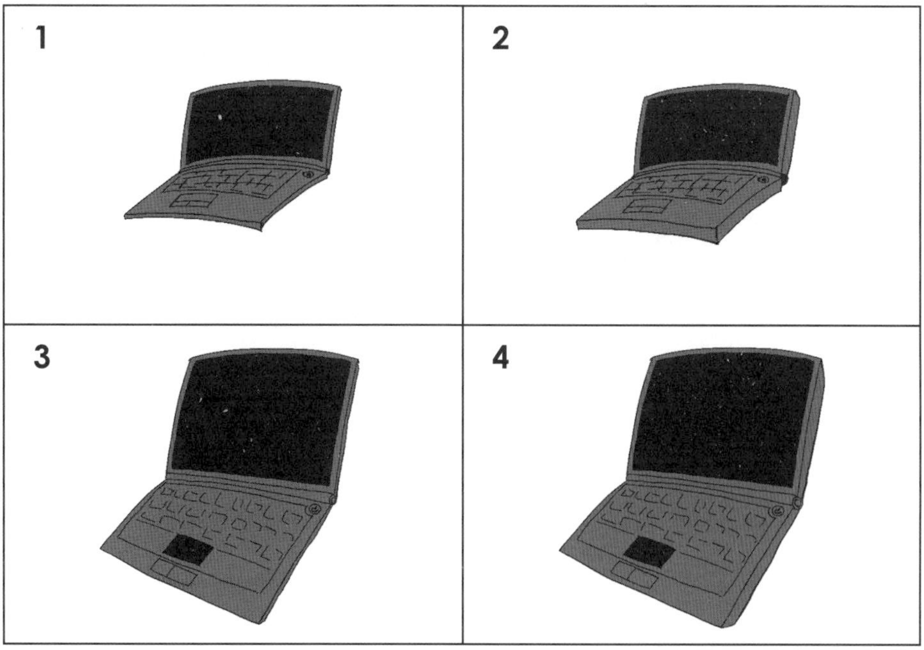

1	2
3	4

12 ばん MP3 02-01-13

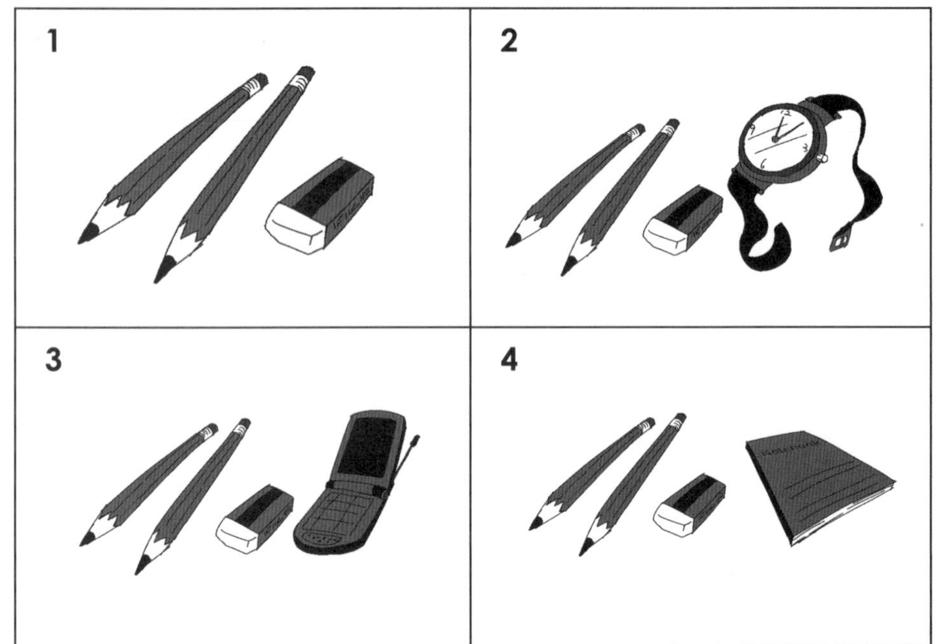

13 ばん MP3 02-01-14

1　5 じかん

2　7 じかん

3　8 じかん

4　10 じかん

14ばん MP3 02-01-15

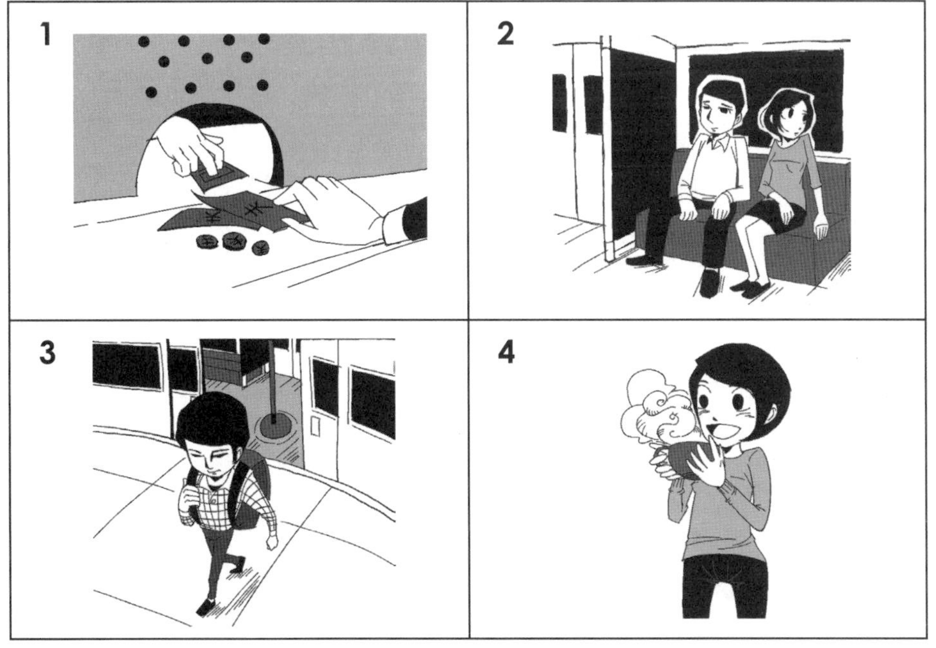

問題1　スクリプト詳解

（解答）

1	2	3	4	5	6	7
1	**4**	**1**	**2**	**4**	**4**	**4**
8	9	10	11	12	13	14
3	**2**	**2**	**3**	**2**	**1**	**1**

1番　MP3 02-01-02

男の人と女の人が話しています。男の人は何を買いますか。

M：もしもし、今スーパー。せっけん1つと牛乳1本だよね。

F：それから、豚肉ね。

M：あっ、忘れてた。あのさ、1個100円のせっけん、きょうは2個で160円だけど、どうする？

F：じゃ、2つお願い。

M：わかった。

男の人は何を買いますか。

1

2

3

4

一男一女正在交談，男性要買什麼東西呢？

M：喂，我現在在超市，要買1塊肥皂和1瓶牛奶對吧？

F：還有豬肉喔。

M：啊，我差點忘了，那個，1塊100日圓的肥皂，今天2塊賣160日圓，要怎麼辦？

F：那買2塊。

M：好。

男性要買什麼東西？

1

正解：1

重點解說

「あっ、忘れてた」指的是「豚肉を買うことを忘れてた」這件事，因此表示必須買豬肉。「2個」跟「2つ」是一樣的意思，數量詞的說法要記清楚。

1つ、2つ、3つ、4つ、5つ、6つ、7つ、8つ、9つ、10

文法與表現

- 忘れてた＝忘れていた

  原句型為「V（テ形）いる」，「い」可省略

- お願い＝お願いします

2番 MP3 02-01-03

女の人と男の人が話しています。これから男の人は何をしますか。

F：ただいま。

M：おかえり。お茶飲む？

F：ありがとう。あれ、部屋きれいね。掃除したの？

M：うん。洗濯もね。じゃ、お茶入れるから、ちょっと待ってて。

F：ありがとう。あっ、ごめん、窓開けて。きょうは風が気持ちいいから。じゃ、お茶は私が入れるわ。

これから男の人は何をしますか。

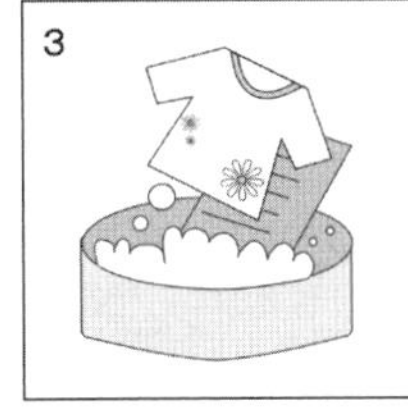

一女一男正在交談，男性接下來要做什麼？

F：我回來了。

M：妳回來啦，要喝茶嗎？

F：好，咦，房間真乾淨耶！是你打掃的嗎？

M：嗯，我也洗了衣服喔。我來泡茶，妳等一下。

F：謝謝，啊！麻煩你去打開窗戶，今天的風很舒服。我來泡茶好了。

男性接下來要做什麼？

正解：4

重點解說

女性拜託男性：「窓開けて（＝窓を開けてください）」，然後說了「お茶は私が入れるわ」，表示女性自己要負責泡茶。

提到打掃跟洗衣服時，說到「掃除したの？……うん、洗濯もね（＝洗濯もした）」，因為用了過去肯定，可知不是將要做的事。

文法與表現

- **開けて＝開けてください**

  V（テ形）＋ください：表請託的句型

3番 MP3 02-01-04

男の人と女の人が話しています。切符はどうやって買いますか。

F：えっと、切符の買い方は……。

M：どこまでですか。

F：松田です。

M：松田は ２３０円ですね。じゃ、そのボタンを押してください。

F：ああ、お金は後なんですね。

M：いえ、先ですよ。

F：それから、２枚買いたいんですけど。

M：じゃ、２３０円を押したら、この２人のボタンを押してください。

F：ありがとうございました。

一男一女正在交談，車票要怎麼買呢？

F：嗯，要怎麼買票呢？

M：妳要坐到哪裡？

F：松田。

M：到松田是 230 日圓，妳按那個鈕。

F：啊，是後付款啊。

M：不是，要先付款喔。

F：還有我要買兩張。

M：那妳按 230 日圓之後，再按這個 2 人的鈕。

F：謝謝。

切符はどうやって買いますか。

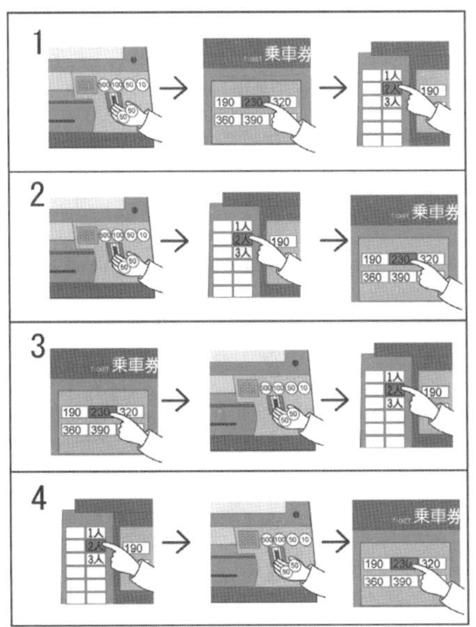

車票要怎麼買呢？

1

正解：1

重點解說

「切符の買い方は（どうしたらいいですか）」雖然問句省略了後半句，對方仍可推測出發問的意圖。而由「いえ、（お金が）先ですよ」這句話，可知買票順序是①投錢⇒②按顯示金額的按鈕。

文法與表現

- **２３０円を押したら＝２３０円を押してから**

  V（タ形）ら≒V（テ形）から：～之後

- **いえ＝いいえ**
- **2枚買いたいんですけど（どうしたらいいですか）**

  後半句經常省略

4番 MP3 02-01-05

女の人と男の人が話しています。男の人は昼どの薬を飲みますか。

F：薬飲んだ？

M：今から飲む。えっと、白くて小さいのは1日3回だったっけ？

F：ちょっと待って。今、見るから。うん、そうだよ。朝、昼、晩。1回2つ。
この大きいのは1回1つで1日2回だから、朝と夜？

M：うん、そう。

F：じゃ、はい、薬と水。

M：ありがとう。

男の人は昼どの薬を飲みますか。

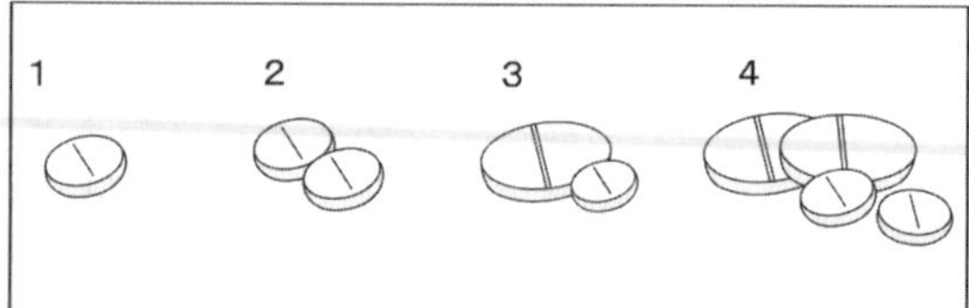

一女一男正在交談，男性中午該吃哪一種藥？

F：你吃藥了嗎？

M：我現在正要吃，嗯，白色的小藥丸是1天3次沒錯吧？

F：等一下，我看一下。嗯，沒錯，早午晚各2顆。
這種大顆的是1次1顆，1天2次，所以是早晚服用嗎？

M：嗯，沒錯。

F：來，藥丸跟水。

M：謝謝。

男性中午該吃哪一種藥？

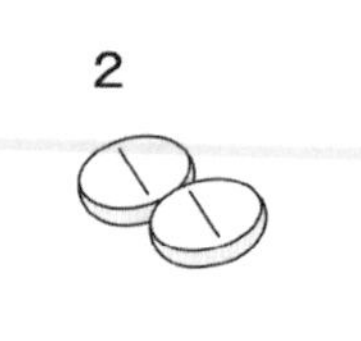

正解：2

重點解說

大顆藥丸是早晚服用，因此中午可以不用吃，要記住日文的「晚」跟「夜」發音雖然不同，但意思是一樣的。

文法與表現

- 表示對方所言正確時的回應

1）そうだよ

2）うん、そう＝はい、そうです

5番 MP3 02-01-06

女の人と男の人が話しています。男の人ははじめに何をしますか。

F：みなさん、おはようございます。きょうの教室は507教室です。

M：すみません。本はどこで買いますか。

F：506教室で買ってください。でも、その前に1階で封筒をもらってください。大きくて黄色い封筒です。

M：はい。あのう、この近くにコンビニがありますか。

F：はい、この学校の向かいにありますが。どうしたんですか？

M：ペンを忘れたので。

F：では、これをどうぞ。

M：すみません。じゃ、貸してください。

男の人ははじめに何をしますか。

一女一男正在交談，男性首先要做什麼？

F：大家早，今天的教室是507教室。

M：請問課本要在哪裡買？

F：請到506教室買，不過在那之前請到1樓領信封，是黃色的大信封。

M：好，請問這附近有便利商店嗎？

F：有的，就在學校的對面，你要做什麼呢？

M：我忘了帶筆。

F：那你先用這枝。

M：不好意思，那請借我一下。

男性首先要做什麼？

正解：4

重點解說

在詢問順序的題型裡，要留意「その前に」這個關鍵字。對話中提到「（本は）506教室で買ってください。でも、その前に1階で封筒をもらってください」，可知要先去1樓領信封。

文法與表現

- 1階で封筒をもらってください。
  V（テ形）＋ください：指示的用法
- これをどうぞ＝これ（→このペン）をどうぞ（使ってください）

6番 MP3 02-01-07

男の人と女の人が話しています。女の人は何を書きましたか。

M：この図書館に来るのは初めてですか。

F：はい。

M：では、ここに名前と住所と電話番号を書いてください。

F：あのう、家に電話がないので、書かなくてもいいですか。

M：携帯電話の番号でもいいですよ。ここにお願いします。

F：はい。

M：これで結構です。こちらが図書館のカードです。

女の人は何を書きましたか。

1

図書館カード発行申請書 1234567
氏名 木下真理子 □M □F
住所 東京都港区芝公園1−1−1
TEL 03-5411-1111 携帯電話 090-90001111

2

図書館カード発行申請書 1234567
氏名 木下真理子 □M □F
住所 東京都港区芝公園1−1−1
TEL 携帯電話

3

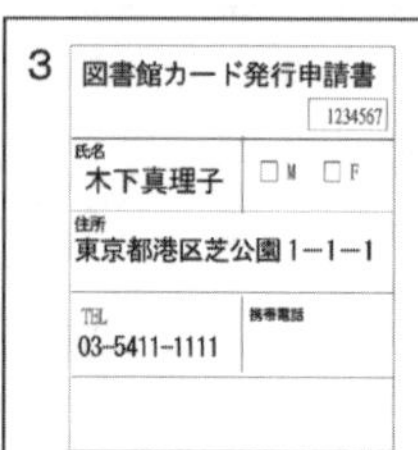

図書館カード発行申請書 1234567
氏名 木下真理子 □M □F
住所 東京都港区芝公園1−1−1
TEL 03-5411-1111 携帯電話

4

図書館カード発行申請書 1234567
氏名 木下真理子 □M □F
住所 東京都港区芝公園1−1−1
TEL 携帯電話 090-90001111

一男一女正在交談，女性寫了什麼？

M：你是第1次來這間圖書館嗎？

F：是的。

M：那請在這裡寫下名字、地址和電話號碼。

F：請問我家裡沒有電話，可以不用寫嗎？

M：手機號碼也可以喔，請寫在這裡。

F：好。

M：這樣就好了，這是圖書證。

女性寫了什麼？

4

図書館カード発行申請書 1234567
氏名 木下真理子 □M □F
住所 東京都港区芝公園1−1−1
TEL 携帯電話 090-90001111

正解：4

重點解說

針對男性所說的「携帯の電話番号でもいいですよ」，女性回答了「はい」，可知女性寫了手機的電話號碼。

文法與表現

- 書かなくてもいいですか。

  V（ナイ形）な~~い~~くてもいい：沒有做V的必要

  ≒V（ナイ形）な~~い~~くても大丈夫

- 携帯電話の番号でもいいですよ。

  N／Na＋でもいい／A-~~い~~くてもいい：為「雖然不是最好，但那也可以」的讓步表現

7番 MP3 02-01-08

先生と学生が話しています。この女の子のきょうの宿題はどれですか。

M：きょうの宿題は38ページから41ページです。そこの会話をぜんぶ覚えてください。

F：ええ！ぜんぶですか？あした佐藤先生と木村先生のテストがあります。

M：そう。じゃ、男の子の1番から10番の人は38ページ、11番から20番の人は39ページ、女の子の21番から30番の人は40ページ、31番から40番の人は41ページを覚えてください。山田さんは38番だから。

F：はい、わかりました。

この女の子のきょうの宿題はどれですか。

1. 38ページ
2. 39ページ
3. 40ページ
4. 41ページ

老師跟學生正在交談。這位女孩子今天的作業是哪一頁？

M：今天的作業從38頁到41頁，請把裡面的會話都背起來。

F：什麼？全部都要背嗎？明天佐藤老師跟木村老師的課都要小考耶！

M：是喔，那1號到10號的男生背38頁，11號到20號背39頁。21號到30號的女生背40頁，31號到40號背41頁，山田同學你是38號。

F：我知道了。

這位女孩子今天的作業是哪一頁？

1. 38頁
2. 39頁
3. 40頁
4. 41頁

正解：4

重點解說

山田同學是38號，所以要背的會話是老師提到的「31番から40番の人」的範圍。

8番 MP3 02-01-09

お店の人と男の人が話しています。男の人はどれを買いましたか。

M：すみません。このパンは甘いですか。

F：そちらの小さくて丸いのですね。甘くておいしいですよ。

M：甘くないのはありますか。

F：そちらの大きくて丸いパンは甘くありません。細くて長いパンはちょっと辛いです。

M：じゃ、その甘いパンを１つと辛いパンを１つください。

F：はい。ありがとうございます。

男の人はどれを買いましたか。

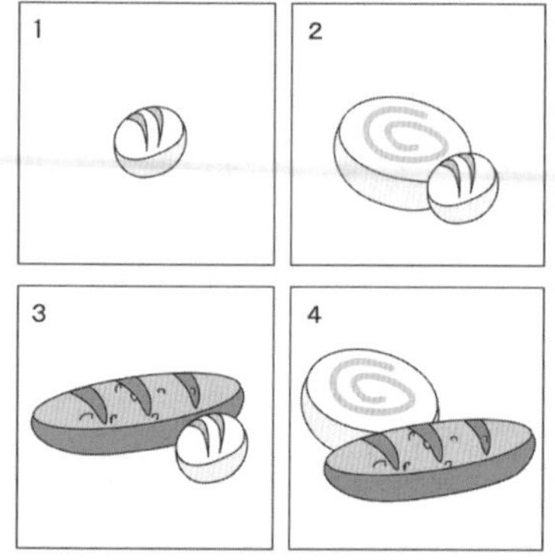

店員跟男性正在交談，男性買了哪一個呢？

M：請問這種麵包會很甜嗎？

F：那種小小的圓麵包嗎？甜甜的很好吃喔！

M：有不甜的麵包嗎？

F：那種大大的圓麵包是不甜的，而細長的麵包口味有點辣辣的。

M：那我要那種甜麵包和辣味麵包各１個。

F：好的，謝謝您。

男性買了哪一個呢？

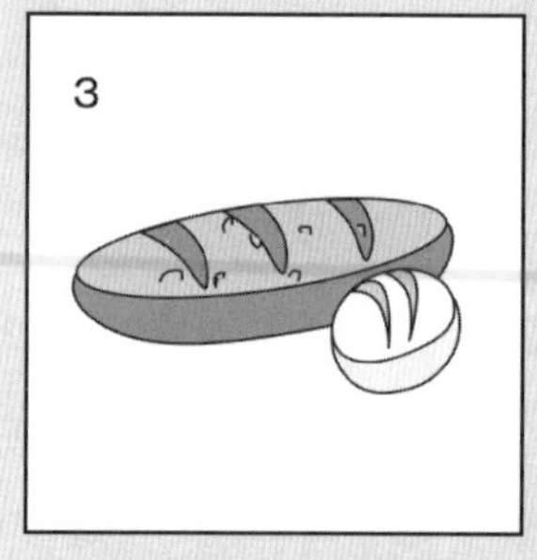

正解：3

重點解說

有圖片的聽力題可以一邊聽內容一邊先在圖片上做記號，這樣作答比較方便。會話提到「その甘いパンを１つと辛いパンを１つください」，若在圖片先把口味記下來，即使沒有提到形狀，也可知道答案。

文法與表現

- 甘くておいしいですよ。

  A ~~い~~くて～：使用在２個以上形容詞並列時，前面的形容詞要去掉「い」加「くて」

- 辛いパンを１つください。

  Nを（數量）ください：這是購物或點餐時的用法。

9番 MP3 02-01-10

男の人と女の人が話しています。女の人はかばんに何を入れますか。

M：かばんに傘、入れた？

F：うん。入れたよ。2本。服も大丈夫。

M：僕の服も入れた？

F：もちろん。

M：地図は？旅行にいるから、忘れないでよ。

F：ああ、まだだった。今、入れるね。帽子は？

M：それは、今、かぶる。あっ、ごめん。地図も入れないで。

F：わかった。

女の人はかばんに何を入れますか。

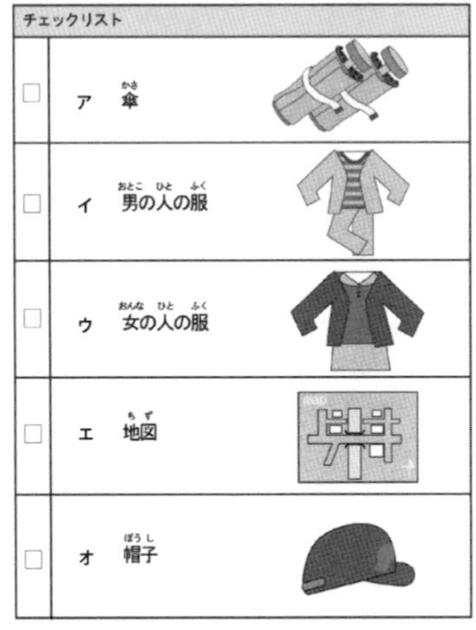

チェックリスト
ア 傘
イ 男の人の服
ウ 女の人の服
エ 地図
オ 帽子

1. ア　イ　ウ　エ
2. ア　イ　ウ
3. ア　イ　オ
4. ア　ウ　エ　オ

一男一女正在交談，女性在包包裡放什麼東西？

M：妳把傘放到包包裡了嗎？

F：嗯，放了啊，我放了２把，衣服也放進去了。

M：我的衣服也帶了嗎？

F：當然囉。

M：地圖呢？旅行要用到地圖，不要忘了帶喔。

F：啊，我還沒放，我馬上放，帽子要帶嗎？

M：帽子我現在戴，啊，不好意思，地圖也不要放進去。

F：好。

女性在包包裡放什麼東西？

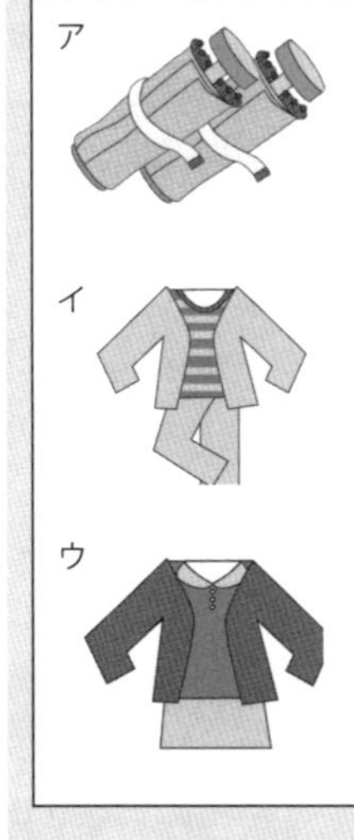

正解：2

重點解說

男性最後提到「（帽子は）今、かぶる」和「地図も入れないで」，可知帽子跟地圖不會放進包包裡。

文法與表現

- **地図も入れないで。**

  V（ナイ形）で（ください）：是請求別人不要做某事的用法。

- **「入れた」「入れる」**

  已放進包包時用的是「入れた【過去肯定】」，而將會放進包包時會用「入れる【未來肯定】」。

10番 MP3 02-01-11

男の人とお店の人が話しています。男の人はいくら払いますか。

M：すみません。このボールペンを4本とそのノートを3冊ください。

F：はい。これは1冊110円です。こちらはいつも1本105円ですが、きょうは3本260円です。

M：どうしようかな。じゃ、6本ください。

F：はい、ありがとうございます。

男の人はいくら払いますか。

1. 750円
2. 850円
3. 1,080円
4. 1,230円

一位男性跟店員正在交談，男性要付多少錢呢？

M：不好意思，我要買這種原子筆4枝和那種筆記本3本。

F：好的，這個是1本110日圓，這個平常是賣1枝105日圓，今天是3枝260日圓。

M：我想一下，那我要6枝。

F：好的，謝謝您。

男性要付多少錢呢？

1. 750日圓
2. 850日圓
3. 1,080日圓
4. 1,230日圓

正解：2

重點解說

店員提到「いつもは1本105円ですが、きょうは3本260円です」，可知今天的價格是3枝260日圓，男性買6枝，要付的就是1倍的價錢。

文法與表現

- 冊：用來數書、筆記本、相本等物品。
- 本：用來數傘或瓶子等細長的物品，其他還有長褲或牙齒之類等。要注意此單位詞的發音會因數字而變。
  1）～っぽん：1本、6本、8本、10本
  2）～ぼん：3本、何本
  3）～ほん：2本、4本、5本、7本、9本

11番 MP3 02-01-12

男の人と店の人が話しています。男の人はどのパソコンを買いますか。

M：あのう、軽いパソコンがありますか。

F：はい、こちらはいかがですか。

M：ちょっと小さいですね。小さいのは好きではありません。

F：この大きいのはどうですか。

M：重いですか。

F：いいえ、薄いですから、重くないですよ。

M：じゃ、それをください。

男の人はどのパソコンを買いますか。

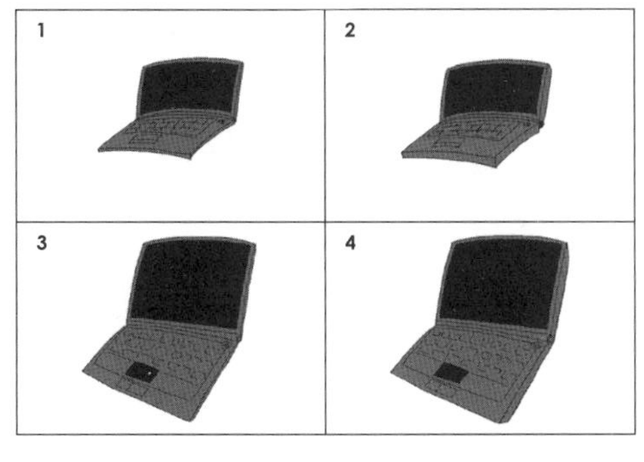

一位男性跟店員正在交談，男性要買哪一款電腦？

M：請問有輕型的電腦嗎？

F：有的，這一款如何？

M：有點小耶，我不喜歡小型電腦。

F：那這一款大型的呢？

M：會很重嗎？

F：不，這是薄型的，不重喔！

M：那我要這一台。

男性要買哪一款電腦？

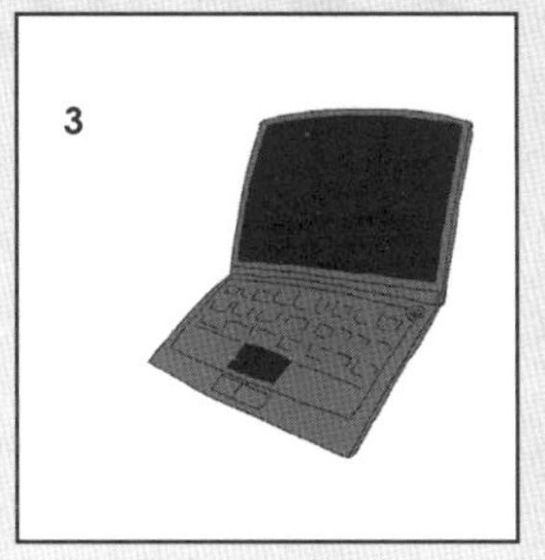

正解：3

重點解說

男性提到「小さいのは好きではありません」，也就是表明他想買大型的。最後決定買的那一款，店員有說明「薄いですから、重くないですよ」，可知是薄且輕型的。

文法與表現

「どうですか」與「いかがですか」都是相同的意思，而「いかがですか」比較客氣有禮。

12番 MP3 02-01-13

教室で先生が話しています。学生は机の上に何を置きますか。

M：今からテストを始めます。机の上に鉛筆と消しゴムだけ出してください。
本や辞書はかばんの中に入れてください。ノートも入れてください。かばんは教室の前に置いてください。ああ、この教室に時計がありませんね。じゃ、時計も机の上に出してください。それから、携帯電話を消しましたか。もう一度、見てから、かばんの中に入れてください。

学生は机の上に何を置きますか。

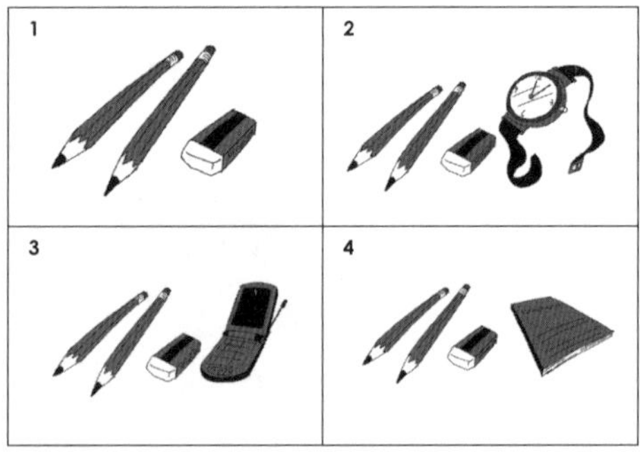

老師正在教室說話，學生桌上可放什麼東西？

M：即將開始考試，桌上只能放鉛筆跟橡皮擦。
書本、字典請收到包包裡，筆記也要收起來。包包請放到教室前面。啊，這間教室沒有時鐘啊，那手錶也請放在桌上，還有手機的電源關了嗎？請再檢查一次後收進包包裡。

學生桌上可放什麼東西？

正解：2

重點解說

一開始時老師就指示只能放鉛筆和橡皮擦，但是後來又提到「この教室に時計がありませんね。じゃ、時計も机の上に出してください」，所以除了鉛筆和橡皮擦，手錶也能放在桌上。

「机の上に鉛筆と消しゴムだけ出してください」、「本や辞書はかばんの中に入れてください」雖然全都是用到「V（テ形）ください」的句型，但要小心後者是說明不能放在桌上的東西。

13番 MP3 02-01-14

男の人と学校の人が話しています。男の人は 1 週間に何時間日本語を勉強しますか。

M：あのう、1 年生の日本語の授業はいつですか。

F：1 年生の授業は日本語 1 と日本語練習ですね。

M：日本語練習？何を勉強しますか。

F：話す練習をします。これは火曜日と木曜日です。1 回 1 時間です。

M：1 週間に 2 日ですね。日本語 1 も火曜日と木曜日ですか。

F：いいえ、佐藤先生のクラスの学生は月曜日の 9 時から 12 時までです。そして、中村先生のクラスの学生は金曜日の午後 1 時から 4 時までです。

M：じゃ、日本語 1 は毎週 1 日だけですね。

F：ええ、そうです。

男の人は 1 週間に何時間日本語を勉強しますか。

1. 5 じかん
2. 7 じかん
3. 8 じかん
4. 10 じかん

一位男性正在跟學校職員交談，男性1星期要上幾小時的日文呢？

M：請問 1 年級學生的日文課是什麼時候？

F：1 年級的課有日文 1 和日文練習吧。

M：日文練習？是上什麼呢？

F：是口語練習，這門課是星期二跟四，1 節課 1 小時。

M：1 個星期要上 2 天對吧？日文 1 也是星期二跟四嗎？

F：不是，佐藤老師的班級的學生是上星期一的 9 點到 12 點，而中村老師的班級的學生是上星期五的下午 1 點到 4 點。

M：那日文1每週只上1天對吧？

F：是的。

男性1星期要上幾小時的日文呢？

1. 5小時
2. 7小時
3. 8小時
4. 10小時

正解：1

重點解說

1 年級的日文課有兩門，是日語練習和日文 1。日語練習的上課時間是每星期二、四，1 天 1 小時，所以總計是 2 小時。而日文 1 是 1 星期 1 次，上 3 小時。

文法與表現

「1 週間に 2 日」的「～に」是表示在某一範圍裡的頻率，因此會話中提到的是在 1 個星期的範圍裡有 2 天的頻率。

14番 MP3 02-01-15

女の人と男の人が話しています。女の人はこれから何をしますか。

M：この駅で電車に乗ります。

F：じゃ、私が切符を買いますね。

M：私はこのカードがありますから、いりません。

F：わかりました。

M：ちょっと寒いですね。温かい飲みものを飲みませんか。

F：いいですね。でも、時間は大丈夫ですか。

M：そうですね。じゃ、森山駅に着いてから、飲みましょう。

女の人はこれから何をしますか。

一女一男正在交談，女性現在要做什麼？

M：我們要在這一站搭電車。

F：那我來買車票。

M：我有這張卡所以我不用買。

F：好。

M：天氣有點冷耶，要不要喝點熱飲？

F：好啊！不過，時間上沒問題嗎？

M：也是，那到森山車站之後再喝吧。

女性現在要做什麼？

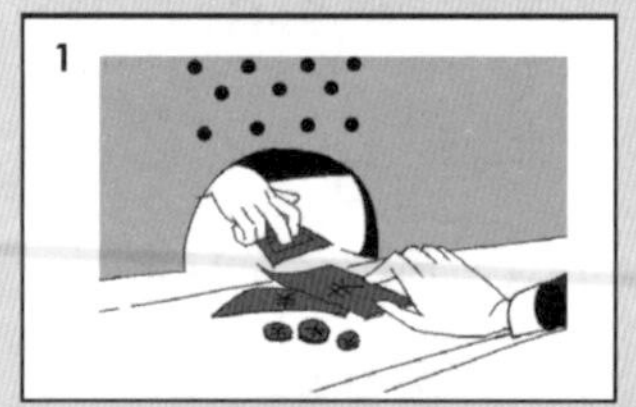

正解：1

重點解說

男性提到「カードがありますから」，所以他不用買車票，但女性有提到「切符を買いますね」，所以她是需要買車票的。

重點理解

もんだい
問題2

考你什麼？

在「問題 2」這個大題裡，必須根據問題問的重點，仔細聽談話內容。因此務必聽清楚問題的「主語」和「疑問詞」。

例如在「男の学生はきょう何時間勉強しますか」問題裡，對話中出現男女學生各自的念書時間，而其實最重要的是聽出男學生的念書時間。此外，還有問題中會運用各種疑問詞來出題，例如「何」「誰」「どこ」「いつ」「どれ」「いくら」「どうなる」等等。

本大題選項會列在問題用紙（試題本）上，請仔細看選項內容，邊聽對話內容邊留意與選項相似的用語。

要注意什麼？

- ✔ 本大題開始前會先播放例題，讓你了解答題流程。注意例題不需作答。
- ✔ 問題重點擺在事情發生的原因或理由。
- ✔ 也可能問心理因素，例如生氣的理由等等。

圖解答題流程

1 先聽情境提示和問題
（一開始先掌握住**它問什麼！**）

2 一邊看圖或文字，一邊聽對話中的情報
（理解下一步**該做什麼！**）

3 再聽一次問題

4 從 4 個選項中選擇答案

1 男の人と女の人が話しています。2人はどれを見て話していますか。

M：あっ、また野菜食べてない。

F：でも、私だけじゃないよ。毎日野菜を食べる人は3人に1人だよ。

M：ほんとだね。でも、時々食べる人のほうが食べない人より多いよ。

F：それでも半分だけでしょう。食べない人も5人に1人。じゃ、ごちそうさま。

M：だめだよ。野菜食べて！

F：いってきまーす。

3 **2人はどれを見て話していますか。**

2

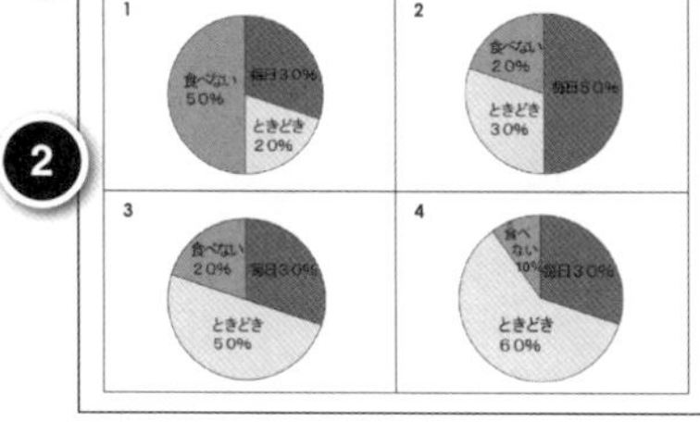

4

もんだい 2				
れい	①	②	●	④
1	①	②	③	④
2	①	②	③	④
3	①	②	③	④
4	①	②	③	④
5	①	②	③	④
6	①	②	③	④

注意

✔ 問題 2 題型共 6 題，本練習共 14 題。

✔ 每題播放結束後，約 12 秒為作答時間。

✔「問題用紙」（試題本）上僅有答題選項（文字或圖，如上步驟 2 內的圖），沒有情境提示和問題，必須從 MP3 中仔細聆聽。

もんだい 2 MP3 02-02-01

もんだい2では、はじめに　しつもんを　きいて　ください。それから　はなしを　きいて、もんだいようしの　1から4の　なかから、いちばん　いい　ものを　ひとつ　えらんで　ください。

1ばん MP3 02-02-02

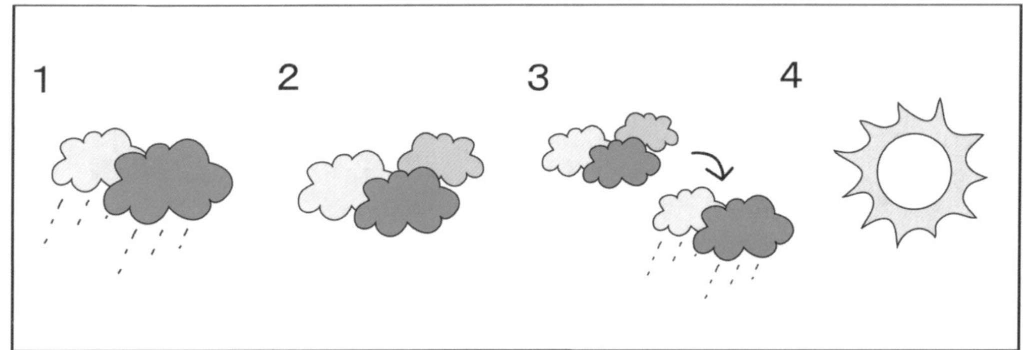

2ばん MP3 02-02-03

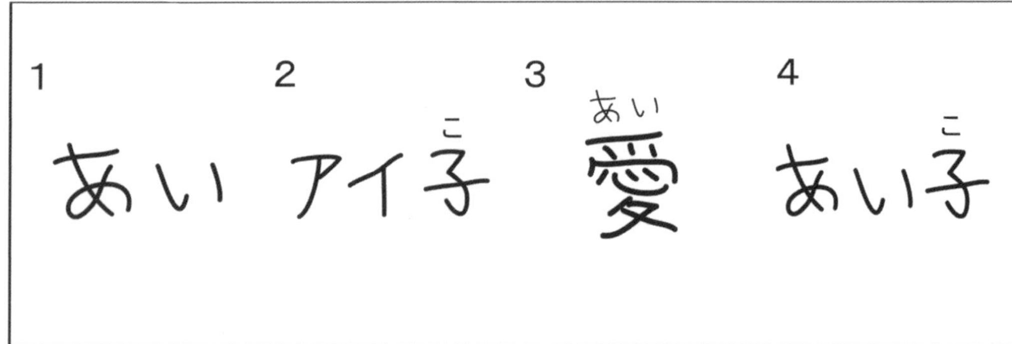

3 ばん MP3 02-02-04

1　4か　あさ　8じ

2　4か　よる　8じ

3　8か　あさ　8じ

4　8か　よる　8じ

4ばん MP3 02-02-05

5ばん MP3 02-02-06

1　バスの　じかんを　しらなかったから

2　てんきが　わるかったから

3　びょうきだったから

4　じてんしゃで　きたから

6 ばん MP3 02-02-07

7ばん MP3 02-02-08

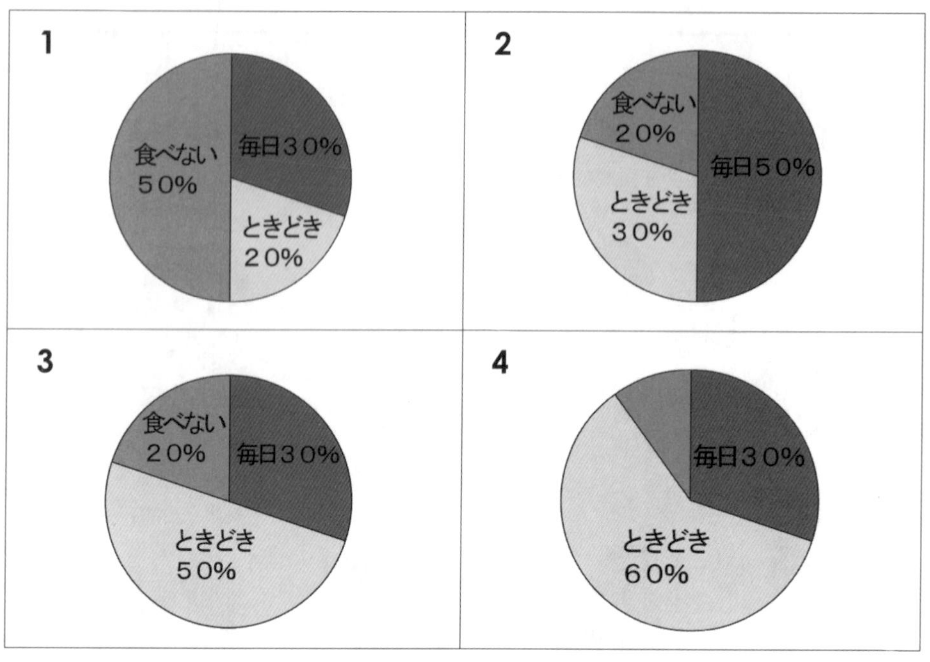

8ばん MP3 02-02-09

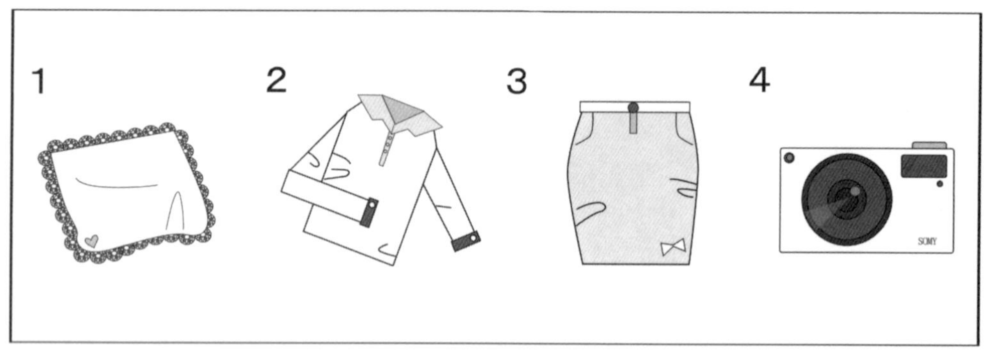

9 ばん MP3 02-02-10

1

2

3
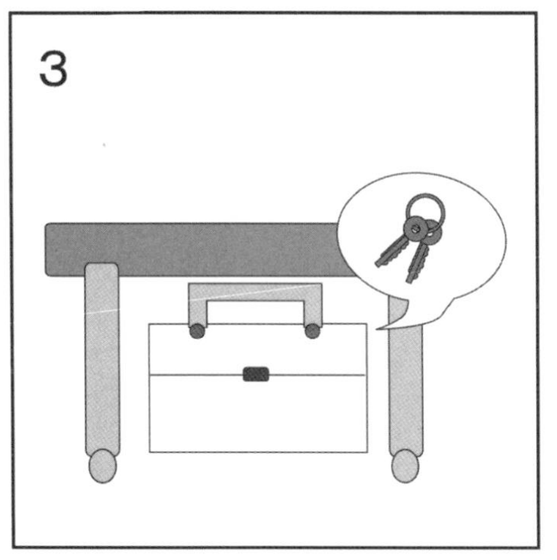

4

10 ばん MP3 02-02-11

1　1 じ 15 ふん

2　1 じ 30 ぷん

3　1 じ 45 ふん

4　2 じ

11 ばん MP3 02-02-12

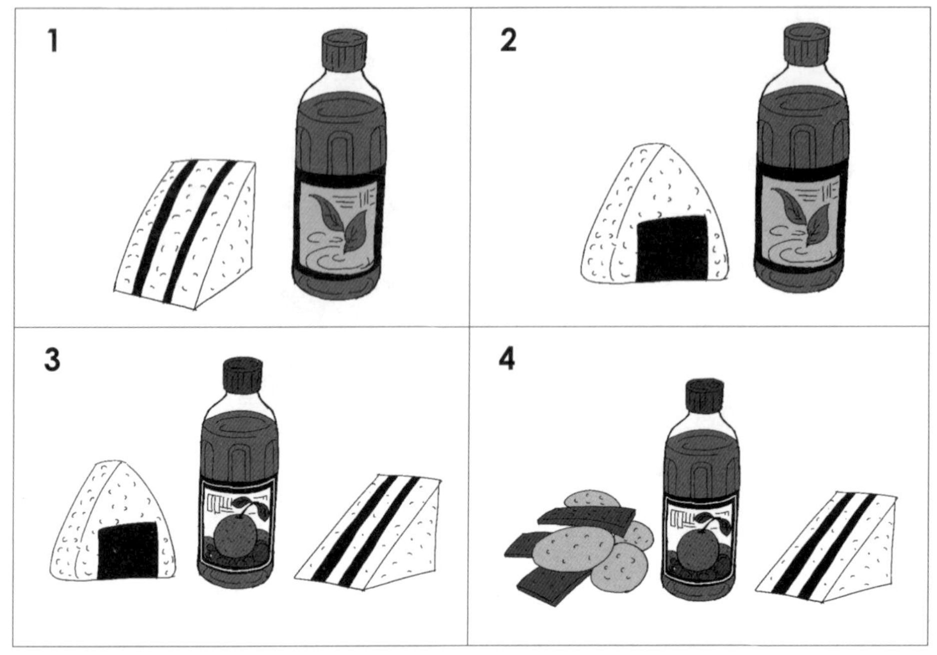

12 ばん MP3 02-02-13

1 デパート

2 やま

3 うみ

4 おてら

13 ばん MP3 02-02-14

1 ひとりで　いく

2 おねえさんと　いく

3 おにいさんと　いく

4 おばあさんと　いく

14 ばん MP3 02-02-15

1 みっか

2 ようか

3 ふつか

4 よっか

問題２　スクリプト詳解

（解答）

1	2	3	4	5	6	7
4	**4**	**3**	**4**	**1**	**2**	**3**
8	9	10	11	12	13	14
2	**4**	**1**	**4**	**1**	**2**	**1**

1番 MP3 02-02-02

女の人と男の人が話しています。あさっての朝の天気はどれですか。

M：毎日雨だね。あしたも雨？

F：朝は雨ね。でも、午後からは晴れるわよ。

M：よかった。じゃ、日曜日は野球ができるな。

F：でも、天気がいいのはあさってのお昼までよ。

M：午後からはまた雨？

F：えっと、お昼からお天気が悪くなって、夜は雨。

M：そうか。でも、曇のほうが暑くないから、いいや。

あさっての朝の天気はどれですか。

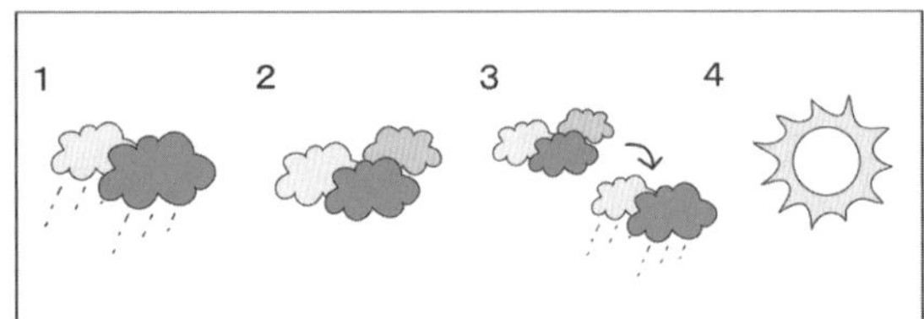

一女一男正在交談，後天早上的天氣是哪一個？

M：每天都下雨啊，明天也會下雨嗎？

F：早上會下雨，不過下午會轉晴喔。

M：太好了，那星期天就能打棒球了。

F：可是好天氣只到後天中午喔。

M：下午又要開始下雨？

F：嗯，中午開始天氣轉壞，晚上會下雨。

M：是喔，不過陰天較不熱，也好。

後天早上天氣是哪一個？

正解：4

重點解說

本題問的是「あさっての朝の天気」。聽解考試的題型「問題 2」主要就是測試考生是否清楚了解問題的重點，所以問題一定要先弄清楚。對話中有提到「天気がいいのはあさっての昼まで」，很明顯地答案呼之欲出。

文法與表現

- お昼からお天気が悪くなって、夜は雨。

  A い→くなる：表示變化的用法

2 番 MP3 02-02-03

女の人と男の人が話しています。女の人の子供の名前はどれですか。

M：それ、子供さんの写真ですか？かわいいですね。

F：ありがとうございます。先月 3 つになりました。

M：お名前は？

F：あい子です。

M：あいちゃんか。名前もかわいいですね。平仮名であいこちゃんですか。

F：あいは平仮名で、子は漢字で書きます。

女の人の子供の名前はどれですか。

1 あい　2 アイ子　3 愛　4 あい子

一女一男正在交談，女性的小孩的名字是哪一個？

M：那是妳小孩的照片嗎？好可愛啊。

F：謝謝，他上個月剛滿 3 歲。

M：他叫什麼名字呢？

F：aiko。

M：小愛啊，名字也好可愛啊，全是平假名嗎？

F：ai 是平假名，ko 是漢字的子。

女性的小孩的名字是哪一個？

4 あい子

正解：4

重點解說

要記清楚日文「平仮名」和「片仮名」的唸法。另外還有「漢字」和「ローマ字」（羅馬拼音）。

文法與表現

- 3 つになりました。

  N になる：表示變化的用法

- 3 つ

  表示年齡時，「3 歳」、「3 つ」這兩種說法都可以。

3番 MP3 02-02-04

男の人と女の人が話しています。2人はいつ映画に行きますか。

M：きのう映画の切符もらったんだ。いっしょに行かない？

F：いいけど、いつ？

M：8日の8時。

F：夜？

M：ううん、午前8時。

F：わかった。

2人はいつ映画に行きますか。

1. 4日朝8時
2. 4日夜8時
3. 8日朝8時
4. 8日夜8時

一男一女正在交談，兩人什麼時候要去看電影？

M：昨天有人給我電影票，要不要一起去看電影呢？

F：好啊，什麼時候去？

M：8日的8點。

F：晚上嗎？

M：不是，是早上8點。

F：好。

兩人什麼時候要去看電影？

1. 4日早上8點
2. 4日晚上8點
3. 8日早上8點
4. 8日晚上8點

正解：3

重點解說

「8日」和「4日」的發音非常相近，所以要仔細分辨。男性針對女性的問題「夜？」，回答了「ううん」，可見時間並不是晚上。「うん」（肯定）和「ううん」（否定）也要仔細分辨清楚。

文法與表現

- **いっしょに行かない？＝いっしょに行きませんか。**

  「V（ナイ形）？＝V（マス形）ませんか？」皆為邀約時的說法。

4番 MP3 02-02-05

女の人が話しています。女の人が話しているのはどれですか。

F：これが健太君です。みなさんと同じ1年生です。いつも短いズボンをはいています。右手を元気に上にあげていますね。健太君はスポーツも勉強も大好きな犬です。

一位女性正在說話，女性在說的內容是哪一個？

F：這個是健太，跟大家一樣是1年級，總是穿著短褲，正很有精神的高舉著右手呢！健太是隻很愛運動和唸書的狗狗喔。

女の人が話しているのはどれですか。

女性在說的內容是哪一個？

正解：4

重點解說

要確認圖片中表示「右」的位置。

文法與表現

腰部以下的衣服，如褲子、裙子或鞋子，「穿」的動詞要用「はく」，而腰部以上的衣服，如襯衫、外套或和服、套裝等一整身的衣服時，「穿」的動詞則要用「着る」。

5番 MP3 02-02-06

男の人と女の人が話しています。男の人はどうして授業に来ませんでしたか。

F：きのうの英語のクラス、どうして来なかったの？かぜ？

M：そうじゃないよ。きのう雨だったでしょう。

F：それで来なかったの？

M：違うよ。いつもは自転車だから、バスの時間がわからない。大学には来たけど、バスを 1 時間待ったから。

F：何時に着いたの？

M：10 時。授業は 10 時までだから……。

一男一女正在交談，男性為何沒有來上課？

F：你昨天為什麼沒有來上英文課？感冒了嗎？

M：不是啦，昨天不是下雨嗎？

F：所以你就不來了嗎？

M：才不是呢，我平常都騎腳踏車，所以不清楚公車時刻。我有來學校，但是等公車就等了 1 個小時。

F：你幾點到的？

M：10 點，英文課上到 10 點，所以我就……。

男の人はどうして授業に来ませんでしたか。

1. バスの時間を知らなかったから
2. 天気が悪かったから
3. 病気だったから
4. 自転車で来たから

男性為何沒有來上課？

1. 因為不知道公車的時間
2. 因為天氣不好
3. 因為生病了
4. 因為騎腳踏車來

正解：1

重點解說

跟「いいえ」(否定)相同意思的回答方式有：「ううん」、「そうじゃない（よ）」、「違う（よ）」等。

文法與表現

- **バスを 1 時間待ったから。**

  常體／敬體＋から：是表示「理由」的用法。

6 番 MP3 02-02-07

女の人と男の人が話しています。女の人の弟はどの人ですか。

F：あっ、弟だ。それから、山下君も。山下君、きょうは帽子かぶってる。

M：山下君……？ああ、テニスが上手な？あの背が一番高い人？

F：ううん。

M：ああ、あの人か。

F：そう。それから、その隣が弟。山下君よりちょっと背が高い。

M：メガネをかけてる人だね。

F：うん。

一女一男正在交談，女性的弟弟是哪一位？

F：啊，是我弟，還有山下，山下今天有戴帽子。

M：山下……？啊，網球打得很好的那個人嗎？是那個身高最高的人嗎？

F：不是。

M：啊，是那個人嗎？

F：對，在他旁邊的就是我弟，我弟身高比山下高一點。

M：是那個戴眼鏡的吧。

F：對。

女の人の弟はどの人ですか。

女性的弟弟是哪一位？

正解：2

重點解說

「（弟は）山下君よりちょっと背が高い」的「～より（比起）」是表示比較的對象，也就是說弟弟身高比較高。

文法與表現

- きょうは帽子かぶってる。／メガネをかけてる人だね。

  V（テ形）る＝V（テ形）いる：表示現在的狀態，「い」可以省略。

7番 MP3 02-02-08

男の人と女の人が話しています。2人はどれを見て話していますか。

M：あっ、また野菜食べてない。

F：でも、私だけじゃないよ。毎日野菜を食べる人は3人に1人だよ。

M：ほんとだね。でも、時々食べる人のほうが食べない人より多いよ。

F：それでも半分だけでしょう。食べない人も5人に1人。じゃ、ごちそうさま。

M：だめだよ。野菜食べて！

F：いってきまーす。

一男一女正在交談，兩人正在看哪一個圖表？

M：啊，你又沒吃青菜了。

F：可是又不是只有我。3人中也才1人每天都吃青菜喔。

M：真的耶，不過有時會吃的人還是比不吃的人多啊。

F：即使如此也只佔一半的比例吧，5人當中也有1人不吃的啊，我吃飽了。

M：不行啦，把青菜吃掉！

F：我走了。

2人はどれを見て話していますか。

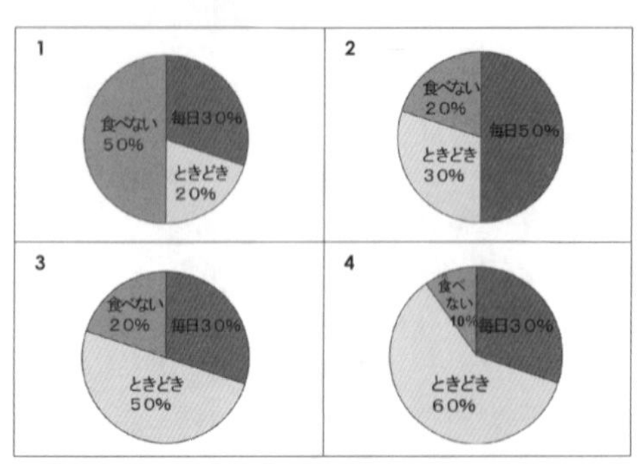

兩人正在看哪一個圖表？

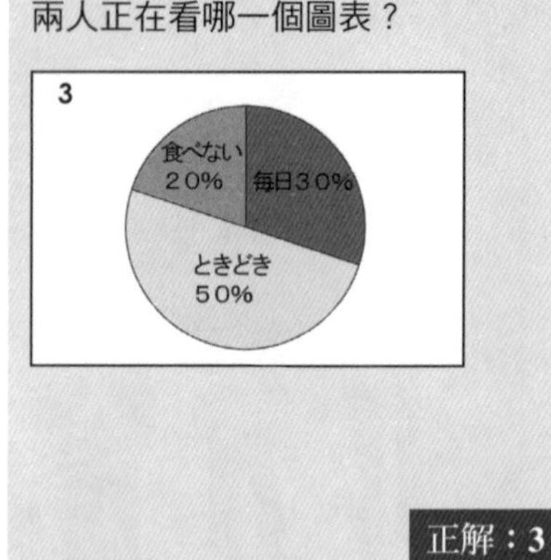

正解：3

重點解說

長句「時々食べる人のほうが食べない人より多いよ」的重點在於文法是否理解，可分成「時々食べる人のほうが多い」和「食べない人より」來看，就能清楚知道比較出來的結果。在理解文法之後，要多聽幾遍喔。

文法與表現

- **食べる人のほうが食べない人より多いよ。**

  Aのほうが B より多い：重要的是「Aのほうが多い」，表示比較的「結果」，「B より」只是表示比較的對象。

- **3 人に 1 人**

  在這裡的「に」是表示比例的用法，意思是「每 3 人中有 1 人」。

8 番 MP3 02-02-09

女の人と男の人が話しています。女の人は去年の誕生日に友達に何をもらいましたか。

M：お誕生日おめでとう。はい、プレゼント。

F：ありがとう。わあ、きれいなハンカチ。

M：あれ？その服は見たことがないな。買ったの？

F：ううん、このスカートとシャツは 1 年前の誕生日にもらったの。スカートは母にもらったの。シャツは学校の友達がくれたの。ねえ、いっしょに写真撮らない？

一女一男正在交談，女性去年生日時，朋友送她什麼禮物？

M：生日快樂！來，這是給妳的禮物。

F：謝謝！哇，好漂亮的手帕啊。

M：咦？妳這件衣服我沒看妳穿過，是新買的嗎？

F：不是，這條裙子和襯衫是我 1 年前收到的生日禮物，裙子是我媽送的，襯衫是學校的同學送的。喂，要不要一起拍張照？

M：いいね。そのカメラも誕生日のプレゼント？

F：これは去年旅行に行く時に買ったの。

M：へえ、いいカメラだね。

女の人は去年の誕生日に友達に何をもらいましたか。

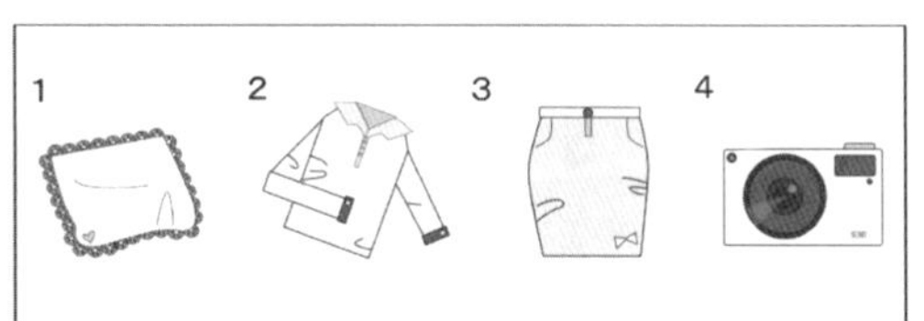

M：好啊，那台相機也是生日禮物嗎？

F：這是我去年要去旅行時買的。

M：喔，真是不錯的相機啊。

女性去年生日時，朋友送她什麼禮物？

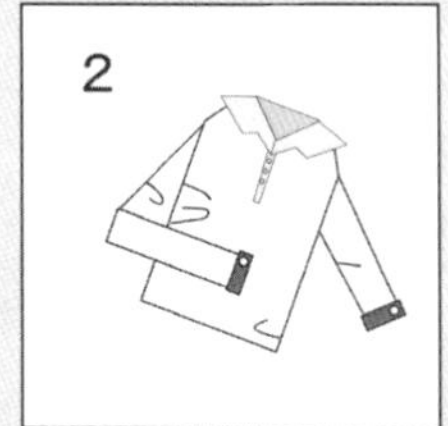

正解：2

重點解說

題目所問的「去年の誕生日」跟對話中出現的「1年前の誕生日」是相同意思。而題目所問的「友達にもらった」也就是對話中出現的「友達がくれた」的意思。

文法與表現

- **友達にもらった＝友達がくれた**

  我從朋友那裡得到＝朋友送我

- **はい、プレゼント。**

  這裡的「はい」是要遞東西給對方時的一種習慣說法。

9番 MP3 02-02-10

男の人と女の人が話しています。かぎはどこにありましたか。

M：いってきます。あれ？かぎがない。

F：その引き出しの中は？

M：いつもはここだけど、ない。ソファの上にもないな。

F：ズボンのポケットやかばんの中は？

一男一女正在交談，鑰匙放在哪裡呢？

M：我出門了，奇怪？我的鑰匙呢？

F：有沒有在抽屜裡？

M：我總是放這裡的，可是沒看見，沙發上也沒看到。

F：會不會在褲子口袋或包包裡？

M：きのうもこのズボンだったけど、ない。ああ、きのうのかばんの中だ。

F：どのかばん？

M：その黒くて大きいの。机の下の。

F：これね。はい。

M：ああ、あった。

かぎはどこにありましたか。

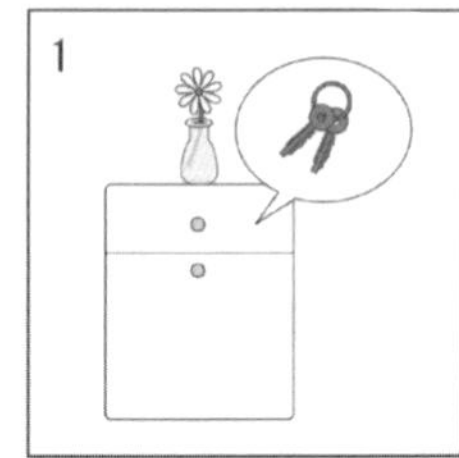

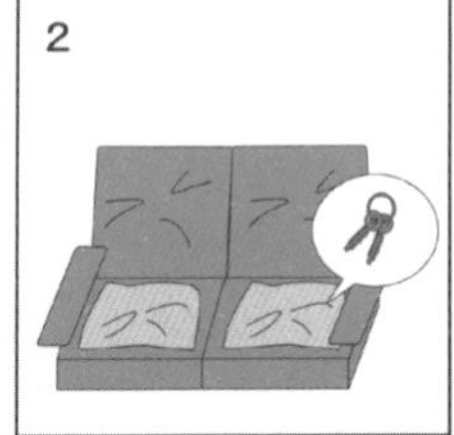

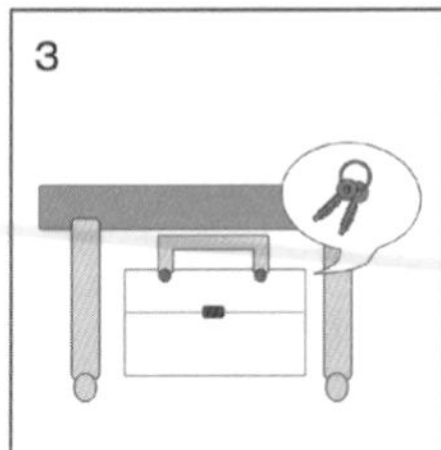

M：我昨天也是穿這條褲子，沒有啊。啊！我放在昨天的包包裡。

F：哪一個包包？

M：那個黑色大包包，在書桌下那個。

F：這個吧，拿去。

M：啊，找到了。

鑰匙放在哪裡呢？

正解：4

重點解說

「黒」和「白」是常在題目中出現的顏色，發音相近，所以要記清楚才行。

文法與表現

- ああ、あった。

  「あった」是找到東西時的說法。

10番 MP3 02-02-11

男の人と女の人が話しています。今、何時ですか。

F：きょうは友達と会うんでしょう？何時に会うの？

M：2時。学校まで30分だから、まだ大丈夫。

F：そう、じゃ、あと15分あるわね。

M：うん。

今、何時ですか。

1. 1じ15ふん
2. 1じ30ぷん
3. 1じ45ふん
4. 2じ

一男一女正在交談，現在是幾點？

F：今天你要跟朋友見面吧？幾點見啊？

M：2點，到學校只要30分鐘，時間還早。

F：是喔，那你還剩15分鐘。

M：嗯。

現在是幾點？

1. 1點15分
2. 1點30分
3. 1點45分
4. 2點

正解：1

重點解說

約定的時間是2點，而對話中男性到學校要30分鐘，所以他預計1點半出門；另外女性提到「あと15分あるから」，如此一來便可知現在的時間了。

文法與表現

「あと15分ある」（還剩15分鐘），用於表示剩下的時間。

11番 MP3 02-02-12

男の人と女の人が話しています。男の人は何を持ってきましたか。

M：お昼ごはんを食べませんか。

F：そうですね。もう12時半ですね。

M：わあ、おにぎりですか。

F：食べますか？どうぞ。

M：すみません。じゃ、このサンドイッチもどうぞ。

F：ありがとうございます。ああ、このサンドチッチ、おいしいですね。お茶はどうですか。

一男一女正在交談，男性帶了什麼東西來呢？

M：妳不吃午飯嗎？

F：也是，都已經12點半了。

M：哇，妳帶飯糰啊？

F：你要吃嗎？吃看看吧。

M：不好意思，那妳也吃看看我的三明治吧。

F：謝謝，啊！這個三明治很好吃耶，要不要來點茶？

M： ジュースがありますから。それから、このお菓子も食べてください。

F： おいしい。どこで買いましたか。

M： 母が作りました。

男の人は何を持ってきましたか。

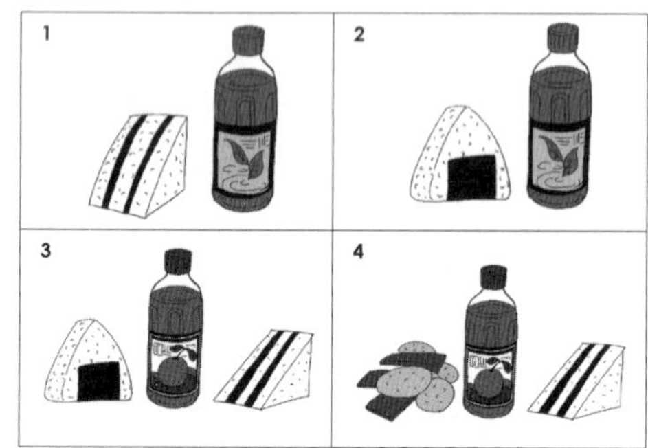

M： 我有果汁，還有這個點心也嚐看看吧。

F： 真好吃，你在哪裡買的？

M： 這是我媽做的。

男性帶了什麼東西來呢？

正解：4

重點解說

從男性所說的「このサンドイッチもどうぞ」、「ジュースがありますから」、「このお菓子も食べてください」，可知他帶了哪些東西。而男性提到「わあ、おにぎりですか」，從疑問的口氣及羨慕的語氣可知飯糰是對方的，也就是女性所帶的東西。

12 番 MP3 02-02-13

女の人と男の人が話しています。男の人はきのうどこへ行きましたか。

F： きのうはいい天気でしたね。私は海へ行きました。佐藤さんはどこか遊びに行きましたか。

M： ええ、行きました。きょうは足が痛いです。

F： 山を登りましたか。

M： いいえ、階段を上りました。1番上まで上りました。

F： 隣の町のお寺ですか？

M： いいえ、91階まで上りました。

一女一男正在交談，男性昨天去了哪裡？

F： 昨天天氣真好啊！我去了海邊耶，佐藤先生你有去哪裡玩嗎？

M： 有，我有出門去，所以今天腳好痛。

F： 你去爬山了嗎？

M： 沒有，我爬了樓梯，我一直爬到最上面。

F： 你是去隔壁城鎮的寺廟嗎？

M： 不是，我一直爬到91樓。

F：すごいですね。私は先週そこへ買い物に行きました。

男の人はきのうどこへ行きましたか。

1. デパート
2. やま
3. うみ
4. おてら

F：好厲害啊，我上週有去那裡購物。

男性昨天去了哪裡？

1. 百貨公司
2. 山上
3. 海邊
4. 寺廟

正解：1

重點解說

從「階段を上りました」和「91階まで上りました」、「買い物に行きました」可以確定答案並非是選項2、3、4。還有針對女性詢問是否去了山上或寺廟，男性都回答「いいえ」，可知選項2和4都不是正確答案。

13番 MP3 02-02-14

男の人と女の人が話しています。女の人は誰と旅行に行きますか。

M：あしたから旅行ですね。

F：ええ、今、日本は暑いですから、涼しいところへ行きます。

M：いいですね。誰と行きますか。

F：いつもは1人ですが、あしたは家族と行きます。

M：家族みんなで行きますか。

F：いいえ、姉と行きます。

女の人は誰と旅行に行きますか。

1. ひとりで行く
2. おねえさんと行く
3. おにいさんと行く
4. おばあさんと行く

一男一女正在交談，女性要和誰去旅行？

M：你明天就要去旅行了吧？

F：是啊，日本現在天氣好熱，所以我要去涼爽的地方。

M：好好喔，你跟誰去啊？

F：我通常都是一個人去旅行的，但是明天是跟家人去。

M：你們是全家人一起去嗎？

F：沒有，我是跟我姊一起去。

女性要和誰去旅行？

1. 自己一個人去
2. 跟姊姊一起去
3. 跟哥哥一起去
4. 跟奶奶一起去

正解：2

重點解說

「姉」指的就是「おねえさん」。

對別人稱呼自己的家人	祖父	祖母	父	母	兄
稱呼別人的家人	おじいさん	おばあさん	おとうさん	おかあさん	おにいさん

14 番 MP3 02-02-15

男の人と女の人が話しています。男の人は休みが何日ありますか。

M： 私はあしたから休みです。仕事よろしくお願いします。

F ： はい、わかりました。あしたの火曜日からいつまでですか。

M： 金曜日から会社に来ます。

男の人は休みが何日ありますか。

1. みっか
2. ようか
3. ふつか
4. よっか

一男一女正在交談，男性的休假是幾天？

M： 我明天開始休假，工作就麻煩妳了。

F ： 好的，你從明天星期二休到什麼時候呢？

M： 我星期五就會來上班了。

男性的休假是幾天？

1. 3天
2. 8天
3. 2天
4. 4天

正解：1

重點解說

女性提到男性是從「あした火曜日」開始休假，而男性自己也說「金曜日から会社に来ます」，可得知他休假到星期四。

語言表現

問題3（もんだい）

考你什麼？

在「問題（もんだい）3」這個大題裡，必須先看圖並聽狀況說明後，選出三個表達中最符合狀況的一段。首先邊看圖邊聽狀況說明，試著掌握是哪種狀況下的表達。此外，同時圖中會以「箭頭」標示出發話者，請注意發話者應該怎麼「發話」。

要注意什麼？

✔ 本大題開始前會先播放例題，讓你了解答題流程。注意例題不需作答。

✔ 提問和選項都很短，務必集中精神仔細聆聽。

✔ 本題型答案的選項只有3個。問題用紙（試題本）上只有圖沒有文字，必須用聽的來選擇。

✔ 請注意圖上標示「➡」者，才是發話者。

圖解答題流程

一開始先掌握住情境與箭頭指向的發話者

1 留意圖中箭頭所指的發話者邊聽提問情境

2 針對提問思考可配對選項

3 從 3 個選項中選出最適宜的答案

1 暑い日にお客さんが来ました。何と言いますか。

1. 冷たい飲みものをどうも。

2 2. 冷たい飲みものはいかがですか。

3. つめたいのみものを飲んでもいいですか。

3

もんだい 3			
れい	①	●	③
1	①	②	③
2	①	②	③
3	①	②	③
4	①	②	③
5	①	②	③

注意

✓ 問題 3 題型共 5 題，本練習共 14 題。

✓ 每題播放結束後，約 10 秒為作答時間。

✓「問題用紙」（試題本）上僅有題目示意圖。沒有情境提示和問題，必須從 MP3 中仔細聆聽。

もんだい 3 MP3 02-03-01

もんだい 3 では、えを　みながら　しつもんを　きいて　ください。➡（やじるし）の　ひとは　なんと　いいますか。1 から 3 の　なかから、いちばん　いい　ものを　ひとつ　えらんで　ください。

1 ばん MP3 02-03-02

2 ばん MP3 02-03-03

3 ばん MP3 02-03-04

4 ばん MP3 02-03-05

5 ばん MP3 02-03-06

6 ばん MP3 02-03-07

7 ばん MP3 02-03-08

8 ばん MP3 02-03-09

9 ばん MP3 02-03-10

10 ばん MP3 02-03-11

11 ばん MP3 02-03-12

12 ばん MP3 02-03-13

13 ばん MP3 02-03-14

14 ばん MP3 02-03-15

問題 3　スクリプト詳解

（解答）

1	2	3	4	5	6	7
1	**3**	**2**	**2**	**3**	**1**	**3**
8	9	10	11	12	13	14
1	**2**	**3**	**3**	**1**	**2**	**1**

1 番　MP3 02-03-02

朝、友達に会いました。何と言いますか。

F：1. おはよう。

2. こんにちは。

3. こんばんは。

早上遇見了朋友，要說什麼呢？

F：1. 早安。

2. 午安。

3. 晚安。

正解：1

重點解說

關於「早上的招呼用語」大家要能立刻想到這句話喔。

2 番　MP3 02-03-03

友達のうちへ行きました。何と言いますか。

M：1. しつれいしました。

2. ごめんなさい。

3. ごめんください。

去了朋友的家。要說什麼呢？

M：1. 失禮了。

2. 不好意思。

3. 有人在家嗎？

正解：3

重點解說

「ごめんください」是拜訪別人家時在門口呼喚、確認時的用語，發音和「ごめんなさい」很相似，請多留意。順道一提，準備要進入別人家的房子或要進入長輩的房間前，要說「失礼します」。

3番 MP3 02-03-04

友達（ともだち）にプレゼントをあげます。何（なん）と言（い）いますか。

M： 1. これ、誕生日（たんじょうび）のプレゼント。どうも。

2. これ、誕生日（たんじょうび）のプレゼント。どうぞ。

3. これ、誕生日（たんじょうび）のプレゼント。どう？

你要送朋友禮物，該說什麼呢？

M： 1. 這是生日禮物，謝啦。

2. 這是生日禮物，請收下。

3. 這是生日禮物，如何？

正解：2

重點解說

「どうも」是「どうもありがとうございます」較簡略的說法。

4番 MP3 02-03-05

お店（みせ）の人（ひと）に聞（き）きます。何（なん）と言（い）いますか。

F： 1. これ、いくつですか。

2. これ、いくらですか。

3. これ、どのくらいですか。

妳要詢問店員，要說什麼呢？

F： 1. 這個有幾個？

2. 這個多少錢？

3. 這個大概是？

正解：2

重點解說

選項3的「どのくらいですか」並無從得知在詢問什麼，要像「重（おも）さはどのくらいですか」這樣加上其他的單字才行。

5番 MP3 02-03-06

友達（ともだち）がかぜです。何（なん）と言（い）いますか。

M： 1. 大変（たいへん）ですね。

2. お元気（げんき）ですか。

3. 大丈夫（だいじょうぶ）ですか。

朋友感冒了，要對他說什麼？

M： 1. 真是辛苦了。

2. 你好嗎？

3. 你沒事吧？

正解：3

重點解說

「お元気（げんき）ですか」是對許久沒見的人的招呼用語。

6番 MP3 02-03-07

テストです。先生に聞きます。何と言いますか。

F：1. 鉛筆で書いてもいいですか。
　　2. 鉛筆で書いてはいけません。
　　3. 鉛筆で書くことができます。

考試中想詢問老師，要怎麼說呢？

F：1. 我可以用鉛筆寫嗎？
　　2. 不能用鉛筆寫。
　　3. 能夠用鉛筆寫。

正解：1

重點解說

「鉛筆で書いてもいいですか」是徵求許可時的說法。

7番 MP3 02-03-08

先生のかばんはとても重いです。何と言いますか。

M：1. 先生、かばんを持つでしょう。
　　2. 先生、かばんを持ちませんか。
　　3. 先生、かばんを持ちましょうか。

老師的包包很重，你要說什麼呢？

M：1. 老師，你要提吧！
　　2. 老師，你不提嗎？
　　3. 老師，我來提吧。

正解：3

重點解說

選項 3 是協助他人時的說法。

8番 MP3 02-03-09

お客さんは名前を書かなければなりません。何と言いますか。

F：1. こちらにお名前を書いてください。
　　2. こちらにお名前を書いてもらいませんか。
　　3. ここに名前を書いて。

住宿的客人必須要寫下姓名，該怎麼說呢？

F：1. 請在這裡寫下您的名字。
　　2. 要不要拜託（他）在這裡寫下名字？
　　3. 在這裡寫名字。

正解：1

重點解說

選項 2 是當對話的兩人要請第三人寫名字的場合所使用，帶有「我們要不要去拜託他寫（他的）名字」這種奇怪的感覺，但若改寫成「こちらにお名前を書いてもらえませんか」，也能成為正確答案。雖然選項 3 也是請託的用法，但因為是常體，對客人使用的話將會很失禮。

9番 MP3 02-03-10

友達といっしょにビールが飲みたいです。何と言いますか。 M：1. ビール飲んでもいい？ 2. ビール飲まない？ 3. 私とビールが飲みたい？	想和朋友一起喝啤酒，要說什麼呢？ M：1. 我可以喝啤酒嗎？ 2. 要不要喝啤酒？ 3. 想和我喝啤酒嗎？ 正解：2

重點解說

「V（ナイ形）？」和「V（マス形）ませんか」是一樣的意思，前者只是較為口語的表現。

文法與表現

- **V（マス形）たいですか＝V（マス形）たい？：希望、願望的表現。**

  可用於邀約別人時，但不能對長輩使用，會顯得不禮貌。

10番 MP3 02-03-11

ここでタバコを吸うことができません。何と言いますか。 F：1. ここでタバコを吸いたくありません。 2. ここでタバコを吸いませんか。 3. ここでタバコを吸わないでください。	在這裡是不能抽菸的，該怎麼說呢？ F：1. 不想在這裡抽菸。 2. 要不要在這裡抽菸？ 3. 請別在這抽菸。 正解：3

重點解說

因為這裡是不能抽菸的狀況，所以表禁止的用法才是正解。

11番 MP3 02-03-12

先生の本を忘れました。何と言いますか。 F：1. 失礼します。 2. ごめん。 3. すみません。	忘了帶老師的書，要說什麼呢？ F：1. 打擾了。 2. 抱歉。 3. 對不起。 正解：3

重點解說

選項 1 是進出房間時的用語，選項 2 雖然是道歉用語，但是對長輩並不夠禮貌。

12 番 MP3 02-03-13

息子(むすこ)が学校(がっこう)に行(い)きます。お母(かあ)さんは何(なん)と言(い)いますか。

F：1. いってらっしゃい。

2. いってきます。

3. いらっしゃい。

兒子要出門去學校，媽媽該說什麼呢？

F：1. 路上小心。

2. 我出門了。

3. 歡迎。

正解：1

重點解說

說話者是待在家裡的人就要使用選項 1，選項 2 是出門的人要說的話。

13 番 MP3 02-03-14

ごはんを食(た)べます。何(なん)と言(い)いますか。

F：1. もう食(た)べました。

2. いただきます。

3. ごちそうさま。

要吃飯了，該說什麼呢？

F：1. 我已經吃過了。

2. 我要開動了。

3. 我吃飽了。

正解：2

重點解說

這題是要開始吃飯時的招呼語所以選 2。選項 3 是吃過飯後說的話。

14 番 MP3 02-03-15

バスにおばあさんが乗(の)ってきました。何(なん)と言(い)いますか。

M：1. どうぞ。

2. どうしますか。

3. どういたしまして。

有一位老奶奶上了公車，要說什麼呢？

M：1. 請。

2. 怎麼了？

3. 不客氣。

正解：1

重點解說

當要給別人東西、或建議時可以用「どうぞ」。

即時應答

もんだい
問題4

考你什麼？

在「問題4」這個大題裡，跟「問題3」最大不同在於「問題3」選擇的是「發話」，「問題4」選擇的則是「回應」。

全部的對話都非常簡短且生活化，可能只有一、兩句話，主要考你能否針對它的發話，立即作出適當的應答！

要注意什麼？

✔ 本大題開始前會先播放例題，讓你先了解答題流程，注意例題不需作答。

✔ 對話很短，務必集中精神仔細聆聽。

✔ 這個題型答案的選項只有3個。問題用紙（試題本）上沒有任何文字或圖，必須用聽的來選擇，可在問題用紙（試題本）上做筆記。

1 發話很短，且只講一次

2 針對它的發話選擇回應

3 從 3 個選項中選出最適宜的答案

1 M： これ、つまらないものですが。

F：＿＿＿＿＿＿＿＿

2
1. いいえ、つまらなくありません。
2. そうですね。ありがとうございます。
3. どうもすみません。

3
もんだい 4
れい ① ② ●
1 ① ② ③
2 ① ② ③
3 ① ② ③
4 ① ② ③
5 ① ② ③
6 ① ② ③

注意

- ✓ 問題 4 題型共 6 題，本練習共 29 題。
- ✓ 每題播放結束後，約 8 秒為作答時間。
- ✓ 「問題用紙」（試題本）上沒有任何圖或文字，必須用聽的。
- ✓ 可在「問題用紙」（試題本）上做筆記。

もんだい 4 MP3 02-04-01

もんだい 4 は、えなどが　ありません。ぶんを　きいて、1 から 3 の なかから、いちばん　いい　ものを　ひとつ　えらんで　ください。

1 ばん MP3 02-04-02

2 ばん MP3 02-04-03

3 ばん MP3 02-04-04

4 ばん MP3 02-04-05

5 ばん MP3 02-04-06

6 ばん MP3 02-04-07

7 ばん MP3 02-04-08

8 ばん MP3 02-04-09

9 ばん MP3 02-04-10

10 ばん MP3 02-04-11

11 ばん MP3 02-04-12

12 ばん MP3 02-04-13

13 ばん MP3 02-04-14

14 ばん MP3 02-04-15

15 ばん MP3 02-04-16

16 ばん MP3 02-04-17

17 ばん MP3 02-04-18

18 ばん MP3 02-04-19

19 ばん MP3 02-04-20

20 ばん MP3 02-04-21

21 ばん MP3 02-04-22

22 ばん MP3 02-04-23

23 ばん MP3 02-04-24

24 ばん MP3 02-04-25

25 ばん MP3 02-04-26

26 ばん MP3 02-04-27

27 ばん MP3 02-04-28

28 ばん MP3 02-04-29

29 ばん MP3 02-04-30

問題4　スクリプト詳解

（解答）

1	2	3	4	5	6	7	8	9	10
1	2	1	3	2	1	3	3	3	1
11	12	13	14	15	16	17	18	19	20
3	1	2	1	2	3	2	1	2	2
21	22	23	24	25	26	27	28	29	
1	2	2	2	3	1	2	3	2	

1番　MP3 02-04-02

F：はじめまして。どうぞよろしく。
M：＿＿＿＿＿＿
1. こちらこそ、どうぞよろしく。
2. どういたしまして。
3. はい、わかりました。

F：初次見面你好，請多多指教。
M：＿＿＿＿＿＿
1. 哪裡，我才要請你多多指教。
2. 不客氣。
3. 好，我知道了。

正解：1

重點解說

回應「どうぞよろしく（お願(ねが)いします）」的時候也有人只說「こちらこそ」。而回應「ありがとう」的時候才說「いいえ、どういたしまして」。

2番　MP3 02-04-03

M：きょうはいい天気(てんき)ですね。
F：＿＿＿＿＿＿
1. はい、そうです。
2. ええ、そうですね。
3. ええ、そうですよ。

M：今天天氣真好啊。
F：＿＿＿＿＿＿
1. 是，沒錯。
2. 嗯，是啊。
3. 嗯，是這樣唷。

正解：2

重點解說

「いい天気(てんき)ですね」「そうですね」的「ね」分別有「徵求同感」和「表示同感」的意味在，而「そうですよ」的「よ」有告知對方某事的意思，如果在這種狀況下使用，聽起來就有「是啊，你不知道嗎？」的意思。

3番 MP3 02-04-04

F：飲みものは何がいいですか。

M：＿＿＿＿＿＿＿＿＿＿

1. 何でもいいです。
2. 飲みものがいいです。
3. そうですね。飲みたいですね。

F：你想要喝什麼飲料呢？

M：＿＿＿＿＿＿＿＿＿＿

1. 什麼都好。
2. 飲料很好。
3. 是啊，好想喝呢！

正解：1

重點解說

「何が」是問題的重點，因此應該要回答自己想喝的飲料，如說出「紅茶をお願いします」。不過也有像選項 1 一樣不具體回答的方法，這是很客氣的說法，因此經常使用。

4番 MP3 02-04-05

M：いってきます。

F：＿＿＿＿＿＿＿＿＿＿

1. おかえりなさい。
2. ただいま。
3. いってらっしゃい。

M：我出門了。

F：＿＿＿＿＿＿＿＿＿＿

1. 你回來了。
2. 我回來了。
3. 路上小心。

正解：3

重點解說

「いってらっしゃい」也可以說成「いっていらっしゃい」。家人要上學、上班時，或是公司裡有人要外出時都可以說。

5番 MP3 02-04-06

F：お久しぶりです。お元気ですか。

M：＿＿＿＿＿＿＿＿＿＿

1. はい、お元気で。
2. はい、元気です。
3. はい、どうも。

F：好久不見，你好嗎？

M：＿＿＿＿＿＿＿＿＿＿

1. 請保重。
2. 我很好。
3. 你好。

正解：2

重點解說

「お」是表示尊重的接頭語，因此並無法說自己「お元気(げんき)です」。「どうも」雖然也可以作為簡單的招呼用語，但不接在「はい」的後面使用。

6番 MP3 02-04-07

M：手伝(てつだ)いましょうか。
F：＿＿＿＿＿＿＿＿
1. すみません。
2. ごめんなさい。今(いま)、手伝(てつだ)います。
3. はい、手伝(てつだ)いましょう。

M：我來幫忙吧。
F：＿＿＿＿＿＿＿＿
1. 謝謝。麻煩你了。
2. 抱歉。現在就幫忙。
3. 我們一起幫忙吧。

正解：1

重點解說

這裡的「すみません」是「ありがとう」的意思。另外，表示道歉的時候，「すみません」和「ごめんなさい」兩種說法都可以用，而「すみません」比較有禮貌。

文法與表現

- **V（マス形）ましょうか：主動提議想幫忙時的說法。**
- **V（マス形）ましょう：①表示一起做什麼的說法。②強烈邀約的說法。**

7番 MP3 02-04-08

F：お土産(みやげ)ありがとうございました。
M：＿＿＿＿＿＿＿＿
1. いいえ、どうしましたか。
2. いいえ、どうしてですか。
3. いいえ、どういたしまして。

F：謝謝你的禮物。
M：＿＿＿＿＿＿＿＿
1. 不會，怎麼了嗎？
2. 不，為什麼？
3. 哪裡，不客氣。

正解：3

重點解說

「いいえ、どういたしまして」也可以只說「いいえ」。

8番 MP3 02-04-09

M： かぜはどうですか。

F： ＿＿＿＿＿＿＿＿

1. はい、いいです。
2. はい、かぜなんです。
3. はい、よくなりました。

M： 妳的感冒怎麼樣了？

F： ＿＿＿＿＿＿＿＿

1. 是，可以。
2. 是，我感冒了。
3. 好很多了。

正解：3

重點解說

選項 1 的「はい、いいです」是許可時的說法。

9番 MP3 02-04-10

F： コーヒーもう一杯いかがですか。

M： ＿＿＿＿＿＿＿＿

1. はい、いいです。
2. はい、どうぞ。
3. ありがとうございます。

F： 要不要再來杯咖啡呢？

M： ＿＿＿＿＿＿＿＿

1. 是，可以。
2. 是，請便。
3. 謝謝妳。

正解：3

重點解說

選項 1、2 都是「同意」時使用的。而選項 1 比較常用於「規定」方面的同意。

例 学生：鉛筆で書いてもいいですか。（可以用鉛筆寫嗎？）
先生：はい、いいです。（可以。）

例 A：タバコを吸ってもいいですか。（我可以抽菸嗎？）
B：はい、どうぞ。（可以，請便。）

10番 MP3 02-04-11

M： 失礼します。

F： ＿＿＿＿＿＿＿＿

1. はい、どうぞ。
2. はい、どうも。
3. はい、失礼です。

M： 打擾了。

F： ＿＿＿＿＿＿＿＿

1. 請進。
2. 謝謝。
3. 失禮了。

正解：1

重點解說

「失礼します」在進、出房間時都可以使用。

11 番 MP3 02-04-12

F：これをコピーしてください。
M：＿＿＿＿＿＿＿＿
1. はい、知っています。
2. はい、いいですよ。どうぞ。
3. はい、わかりました。

F：請幫我影印這個。
M：＿＿＿＿＿＿＿＿
1. 好，我知道啊。
2. 可以啊，請用吧。
3. 好，我知道了。

正解：3

重點解說

可以將「はい、わかりました」當作是「V（テ形）ください」句型的固定回應用法之一，一起記下來。「知っています」是用於表示「記得」的狀況。

例 A：田村さんの電話番号を知っていますか。
（你知道田村先生的電話號碼嗎？）
B：はい、知っています。
（我知道。）

12 番 MP3 02-04-13

M：お子さんは何歳ですか。
F：＿＿＿＿＿＿＿＿
1. 3つです。
2. 3個です。
3. 3人です。

M：請問您兒子幾歲呢？
F：＿＿＿＿＿＿＿＿
1. 三歲。
2. 三個。
3. 三個人。

正解：1

重點解說

年齡的說法除了「3歳」之外，也有「3つ」這樣的說法。

13番 MP3 02-04-14

F：すみません。ちょっと待ってください。
M：＿＿＿＿＿＿＿＿＿＿
1. はい、お待たせしました。
2. はい、どうしましたか。
3. はい、知っていますよ。

F：不好意思。請等我一下。
M：＿＿＿＿＿＿＿＿＿＿
1. 好的，讓您久等了。
2. 好的，怎麼了？
3. 好的，我知道。

正解：2

重點解說

不能用「知っている」來回答「V（テ形）ください」的句子。

14番 MP3 02-04-15

M：これ、食べてもいい？
F：＿＿＿＿＿＿＿＿＿＿
1. まだ、だめよ。
2. もう、食べなくてはいけないよ。
3. ううん、できないよ。

M：我可以吃這個嗎？
F：＿＿＿＿＿＿＿＿＿＿
1. 還不行喔。
2. 你已經不能不吃了喔。
3. 不，沒辦法喔。

正解：1

重點解說

對方徵求許可問：「食べてもいい」，不允許的時候一般會使用「食べてはいけません」「だめ」等來回應。如果是「規則」上禁止的狀況則可以使用「食べることができません」。

15番 MP3 02-04-16

F：みなさん、わかりましたか。
M：＿＿＿＿＿＿＿＿＿＿
1. はい、とてもわかりました。
2. はい、よくわかりました。
3. はい、ぜんぶでわかりました。

F：各位都了解了嗎？
M：＿＿＿＿＿＿＿＿＿＿
1. 是，十分了解。（文法錯誤）
2. 是，很清楚。
3. 是，總計了解。（文法錯誤）

正解：2

重點解說

「よく」有用在「本屋へよく行く」之類表示「頻率」，和「よくわかった」表示「程度」的兩種意思。「ぜんぶで」則常用在「ぜんぶで 300 円です」等表示「總額」的情況。

文法與表現

- よく＋V：（頻率）常常；（程度）很、非常。
- とても＋A / Na：非常

16 番 MP3 02-04-17

M： 映画に行きませんか。

F： ＿＿＿＿＿＿＿＿

1. いいえ、行きません。
2. いいえ、できません。
3. すみません。きょうはちょっと。

M： 要不要去看電影呢？

F： ＿＿＿＿＿＿＿＿

1. 不，我不去。
2. 不，沒辦法。
3. 不好意思。今天有點事。

正解：3

重點解說

要拒絕「映画に行きませんか」這樣的邀約時，通常會顧及對方的好意，而用像選項 3 這樣比較委婉的回答。選項 1 的「行きません」是清楚斷定的回答，比如「きょうは日曜日ですから、学校へ行きませんが、あしたは行きます」（今天是禮拜日所以不去學校，但明天會去。）就是將自己的決斷清楚地告訴對方，但如果用在拒絕別人邀約，則可能因語氣太強烈而顯得失禮。

17 番 MP3 02-04-18

F： わたし、テスト 100 点でした。

M： ＿＿＿＿＿＿＿＿

1. いいでしょう？
2. よかったですね。
3. どういたしまして。

F： 我考試考了一百分。

M： ＿＿＿＿＿＿＿＿

1. 很不錯吧？
2. 那真是太好了。
3. 不客氣。

正解：2

重點解說

「いいでしょう？」是向對方確認時的說法。

18番 MP3 02-04-19

M：お国(くに)はどちらですか。

F：＿＿＿＿＿＿＿＿＿＿＿＿

1. 日本(にほん)です。
2. 日本人(にほんじん)です。
3. 日本(にほん)にあります。

M：請問您的國家是哪裡呢？

F：＿＿＿＿＿＿＿＿＿＿

1. 日本。
2. 我是日本人。
3. 在日本。

正解：1

重點解說

這裡的「どちら」是比「どこ」有禮貌的說法。

19番 MP3 02-04-20

F：日本(にほん)と台湾(たいわん)とどちらが暑(あつ)いですか。

M：＿＿＿＿＿＿＿＿＿＿＿＿

1. 台湾(たいわん)より暑(あつ)いです。
2. 台湾(たいわん)のほうが暑(あつ)いです。
3. 台湾(たいわん)は暑(あつ)いでしょう？

F：日本和台灣，哪一個地方比較熱呢？

M：＿＿＿＿＿＿＿＿＿＿

1. 比台灣熱。
2. 台灣比較熱。
3. 台灣很熱吧？

正解：2

重點解說

回答「どちらが～？」的句型時要用「Nのほうが～」來回應。

20番 MP3 02-04-21

M：あしたもう一度(いちど)病院(びょういん)に来(こ)なければなりませんか。

F：＿＿＿＿＿＿＿＿＿＿

1. いいえ、来(こ)なければなりません。
2. いいえ、来(こ)なくてもいいです。
3. いいえ、来(き)てはいけません。

M：我明天還必須再來一趟醫院嗎？

F：＿＿＿＿＿＿＿＿＿＿

1. 不，你必須要來。
2. 不，你可以不用來。
3. 不，你不可以來。

正解：2

重點解說

「来なければなりませんか」的回應必須是「はい、来なければなりません」或是「いいえ、来なくてもいいです」。

- **V（ナイ形）な~~い~~ければなりません：表義務，「不得不～」的意思。**
- **V（ナイ形）な~~い~~くてもいいです：表示沒有做～的必要。**
- **V（テ形）はいけません：表示禁止。**

21番 MP3 02-04-22

F： ごはんができましたよ。

M： ＿＿＿＿＿＿＿＿

1. はい、いただきます。
2. はい、ごちそうさま。
3. はい、ただいま。

F： 飯做好囉！

M： ＿＿＿＿＿＿＿＿

1. 好，我開動了。
2. 好，我吃飽了。
3. 好，我回來了。

正解：1

重點解說

「ごはんができた」是指飯菜已經做好、完成了的意思。

22番 MP3 02-04-23

M： ケーキもう1ついかがですか。

F： ＿＿＿＿＿＿＿＿

1. ごめんください。
2. いただきます。
3. ごちそうさま。

M： 要不要再來一塊蛋糕呢？

F： ＿＿＿＿＿＿＿＿

1. 有人在家嗎？
2. 那我就不客氣了。
3. 謝謝招待。

正解：2

重點解說

這裡的「いただきます」等同於「もらいます」「食べます」的意思。

23番 MP3 02-04-24

F：きょうの晩ごはんはハンバーグよ。さあ、食べましょう。

M：＿＿＿＿＿＿＿＿

1. うわぁ、楽しいなあ。
2. うわぁ、うれしいなあ。
3. うわぁ、おいしいなあ。

F：今天的晚餐是漢堡排喔，來，開動吧！

M：＿＿＿＿＿＿＿＿

1. 哇，真好玩。
2. 哇，真開心。
3. 哇，真好吃。

正解：2

重點解說

楽しい：用於表示旅行、玩樂時，和其他人一起做了某事後的快樂。

うれしい：表示考試考了滿分、得到禮物時等自己開心的心情。

另外，從女性所說的「さあ、食べましょう」，可以得知還未開動，因此不能選3的「おいしいなあ」作為答案。「おいしいなあ」必須要吃了以後才能說。

24番 MP3 02-04-25

F：日本のお茶を飲んだことがありますか。

M：＿＿＿＿＿＿＿＿

1. いいえ、あまり飲みません。
2. はい、飲んだことがあります。
3. はい、飲んだことがありました。

F：你喝過日本的茶嗎？

M：＿＿＿＿＿＿＿＿

1. 不，我不太喝。
2. 是，我有喝過。
3. 是，我曾經喝。

正解：2

重點解說

針對「飲んだことがありますか」，只有「はい、（飲んだことが）あります」和「いいえ、（飲んだことが）ありません」這兩種回答。

文法與表現

- **日本のお茶を飲んだことがありますか。（你喝過日本的茶嗎？）**

  V（タ形）＋ことがありますか？＝V（タ形）＋ことがある？→詢問經驗的表現。注意「經驗」是一種事實，所以用「ある／あります」而非過去形。

25 番 MP3 02-04-26

F：テストの時（とき）、本（ほん）を見（み）てもいいですか。

M：＿＿＿＿＿＿＿＿＿＿

1. いいえ、見（み）なくてはいけませんよ。
2. いいえ、見（み）なければなりませんよ。
3. いいえ、見（み）てはいけませんよ。

F：考試的時候，可以看書嗎？

M：＿＿＿＿＿＿＿＿

1. 不，不能不看喔。
2. 不，一定要看喔。
3. 不，不能看喔。

正解：3

文法與表現

以下的五個句型都表示義務。

V（ナイ形）な~~い~~ければならない

V（ナイ形）な~~い~~ければいけない

V（ナイ形）な~~い~~くてはならない

V（ナイ形）な~~い~~くてはいけない

V（ナイ形）といけない

但是，並沒有「V（ナイ形）とならない」這樣的說法。

26 番 MP3 02-04-27

F：ちょっと寒（さむ）いですね。

M：＿＿＿＿＿＿＿＿＿＿

1. じゃ、ストーブをつけましょう。
2. 大変（たいへん）ですね。
3. じゃ、大丈夫（だいじょうぶ）ですね。

F：天氣有點冷呢。

M：＿＿＿＿＿＿＿＿

1. 那就開暖爐吧。
2. 真是辛苦呢。
3. 那就沒問題吧。

正解：1

重點解說

所謂的暖爐除電暖氣外，也能指用煤油、瓦斯的暖爐，動詞則要使用「つける」（開、點燃）和「消（け）す」（關、熄滅）。「ちょっと寒（さむ）いですね」的「ね」因為有徵求對方同感的意思，因此不單只是說自己覺得冷，也包含了希望對方一起想辦法的意思。

27 番 MP3 02-04-28

M： ここに名前を書いてください。

F： ＿＿＿＿＿＿＿＿＿＿

1. はい。書きました。これはいいですか。
2. はい。書きました。これでいいですか。
3. はい。書きました。これがいいですか。

M： 請在這裡寫下姓名。

F： ＿＿＿＿＿＿＿＿＿＿

1. 好的，寫好了。這個好嗎？
2. 好的，寫好了。這樣就可以了嗎？
3. 好的，寫好了。這個比較好嗎？

正解：2

重點解說

要請對方確認是否有誤時，會使用「これでいいですか」。

28 番 MP3 02-04-29

F： 家へ帰ってから晩ごはんを食べますか。

M： ＿＿＿＿＿＿＿＿＿＿

1. いいえ、忙しいですから、家へ帰りません。
2. いいえ、外で食べたから帰ります。
3. いいえ、外で食べて帰ります。

F： 你要回家之後再吃晚餐嗎？

M： ＿＿＿＿＿＿＿＿＿＿

1. 不，因為我很忙，所以不回家。
2. 不，我已經在外面吃了，所以我要回家。
3. 不，我要在外面吃了再回家。

正解：3

重點解說

「から」包含了理由（因為～所以）和起點、順序（從～）的意思，從接續方式來看

- **動詞**

  V（テ形）＋から：表示起點、順序（從～）

  テ形以外＋から：則都是表示理由（因為～所以）

- **イ形容詞、ナ形容詞**

  （常體・敬體）＋から：表示理由（因為～所以）

- **名詞**

  （常體・敬體）＋から：表示理由（因為～所以）

  N＋から：則表示起點、順序（從～）

  以下是接名詞的例句：

  例 会議だ（常體）から、会社に行かなければならない。（因為要開會，我必須去公司。）

  例 会社から、家まで1時間かかる。（從公司到我家要花一小時。）

29 番 MP3 02-04-30

F：お昼ごはんを食べに行きませんか。

M：＿＿＿＿＿＿＿＿

1. ごめんなさい。行かないでください。
2. すみません。5分待ってください。
3. お昼ごはんを食べてください。

F：要不要一起去吃午餐？

M：＿＿＿＿＿＿＿＿

1. 對不起。請不要走。
2. 對不起，請等我5分鐘。
3. 請吃午餐。

正解：2

重點解說

女性所說的「食べに行きませんか」是邀約的意思，接受邀請時說「ええ、行きましょう」，而拒絕時則說「すみません（＋理由）」。選項2的意思是願意接受邀約，但希望對方等5分鐘。

模擬試題（附模擬試卷1回）

本單元為完整3回模擬試題+1回模擬試卷。在經過前面各式練習後，本單元訓練重點就是要你掌握時間，調整答題節奏！不緊張！

N5聽解考試一回總時間為30分鐘，考試節奏緊湊，沒有多餘的思考時間，與自己在家裡練習不同。請以認真的態度，中途不要停止，一股作氣將本測驗做完。1回模擬試卷是完全仿照日檢問題用紙，當做完前3回的模擬試題後，這回就要讓自己完全進入考試狀態，來測試看看你是否能完全掌握？！

Part 3

もんだい１ MP3 03-01-01

もんだい１では、はじめに　しつもんを　きいて　ください。それから　はなしを　きいて、もんだいようしの　１から４の　なかから、いちばん　いい　ものを　ひとつ　えらんで　ください。

れい

1 いま、ちいさい　かばんを　かう

2 いま、おおきい　かばんを　かう

3 あさって　ちいさい　かばんを　かう

4 あさって　おおきい　かばんを　かう

1ばん MP3 03-01-02

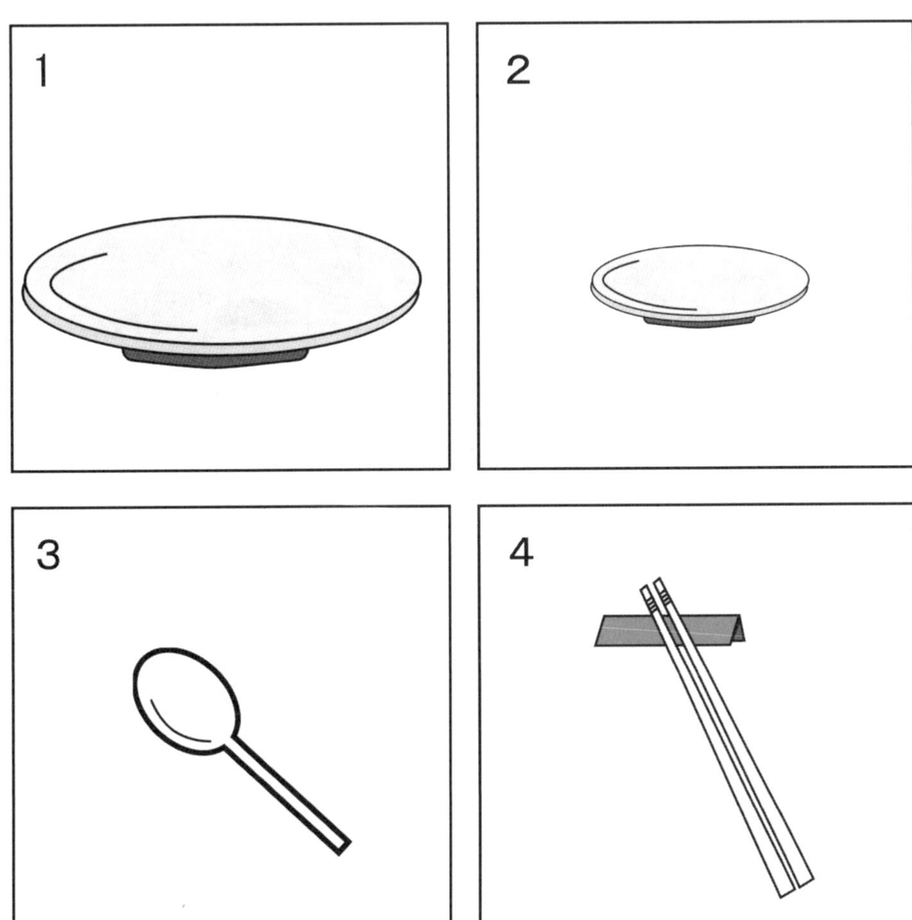

2 ばん MP3 03-01-03

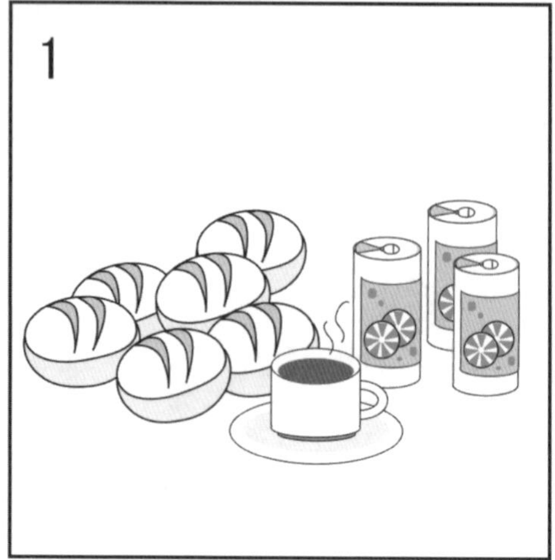
1

2

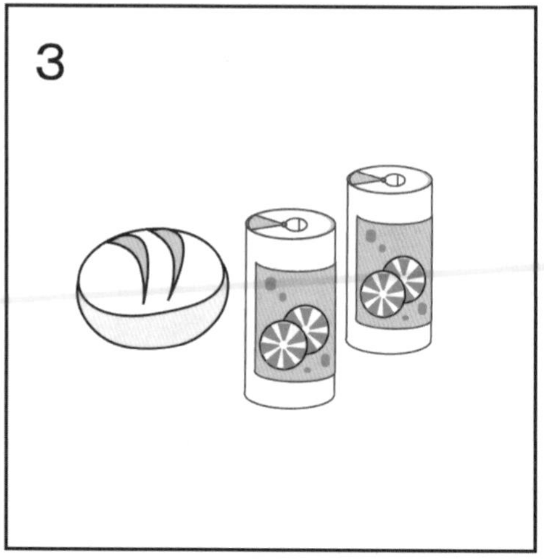
3

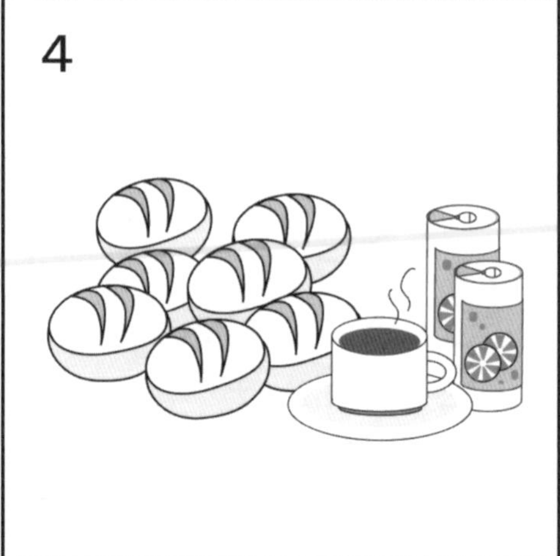
4

3ばん MP3 03-01-04

1

2

3

4

4 ばん MP3 03-01-05

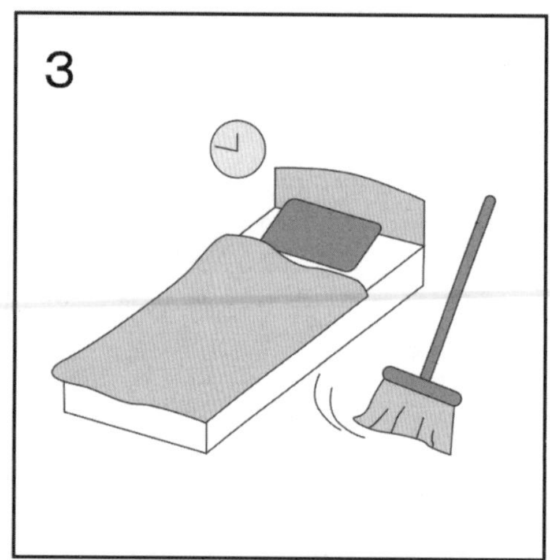

5 ばん MP3 03-01-06

1　ぎんこうと　ゆうびんきょくへ　いく

2　ぎんこうと　ゆうびんきょくと　えきへ　いく

3　コピーして、かいしゃで　しんかんせんの　きっぷを　かう

4　コピーしてから、えきへ　いって　しんかんせんの　きっぷを　かう

6ばん MP3 03-01-07

チェックリスト		
□	ア	紙(かみ)
□	イ	青(あお)いボールペン
□	ウ	赤(あか)いボールペン
□	エ	熱(あつ)いお茶(ちゃ)
□	オ	冷(つめ)たいお茶(ちゃ)

1 ア イ オ

2 ア ウ オ

3 イ エ

4 ウ エ

7ばん MP3 03-01-08

もんだい 2 MP3 03-01-09

もんだい 2 では、はじめに　しつもんを　きいて　ください。それから　はなしを　きいて、もんだいようしの　1 から 4 の　なかから、いちばん　いい　ものを　ひとつ　えらんで　ください。

れい

1　としょかん

2　きょうしつ

3　きっさてん

4　うち

1ばん MP3 03-01-10

1　げつようび

2　すいようび

3　もくようび

4　きんようび

2ばん MP3 03-01-11

1　わたなべさんは　びょうきだから

2　わたなべさんの　おとうさんが　びょうきだから

3　わたなべさんは　おとうさんに　あうから

4　わたなべさんは　パーティーが　すきではないから

3ばん MP3 03-01-12

4ばん MP3 03-01-13

1　3がいの　ほんや

2　3がいの　きっさてん

3　4かいの　ほんや

4　4かいの　きっさてん

5ばん MP3 03-01-14

6ばん MP3 03-01-15

1 おんなのひとの　からだに　わるいから

2 タバコが　たかいから

3 こどもが　タバコが　きらいだから

4 こどもの　からだに　わるいから

もんだい 3 MP3 03-01-16

もんだい 3 では、えを　みながら　しつもんを　きいて　ください。➡（やじるし）の　ひとは　なんと　いいますか。1 から 3 の　なかから、いちばん　いい　ものを　ひとつ　えらんで　ください。

れい

1ばん MP3 03-01-17

2ばん MP3 03-01-18

3 ばん MP3 03-01-19

4 ばん MP3 03-01-20

5ばん MP3 03-01-21

もんだい４

MP3 03-01-22~26

もんだい４は、えなどが　ありません。ぶんを　きいて、１から３の なかから、いちばん　いい　ものを　ひとつ　えらんで　ください。

ーメモー

もんだい１ MP3 03-02-01

もんだい１では、はじめに　しつもんを　きいて　ください。それから　はなしを　きいて、もんだいようしの　１から４の　なかから、いちばん　いい　ものを　ひとつ　えらんで　ください。

れい

1　いま、ちいさい　かばんを　かう

2　いま、おおきい　かばんを　かう

3　あさって　ちいさい　かばんを　かう

4　あさって　おおきい　かばんを　かう

1ばん MP3 03-02-02

1　48ページを　べんきょうする

2　49ページを　べんきょうする

3　57ページを　べんきょうする

4　58ページを　べんきょうする

2ばん MP3 03-02-03

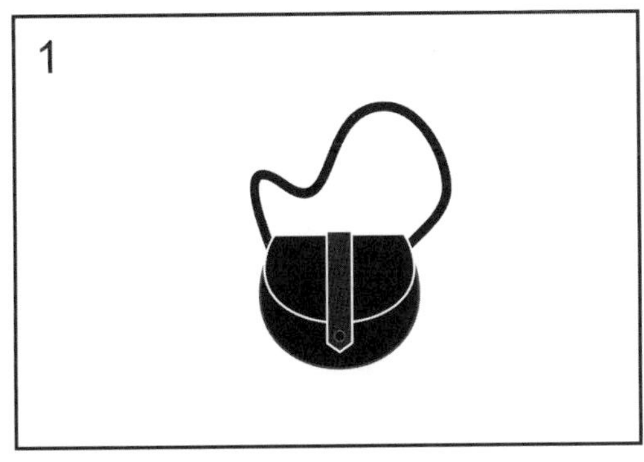

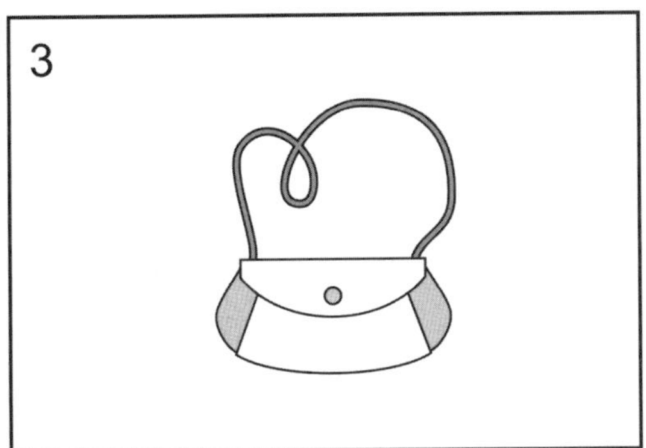

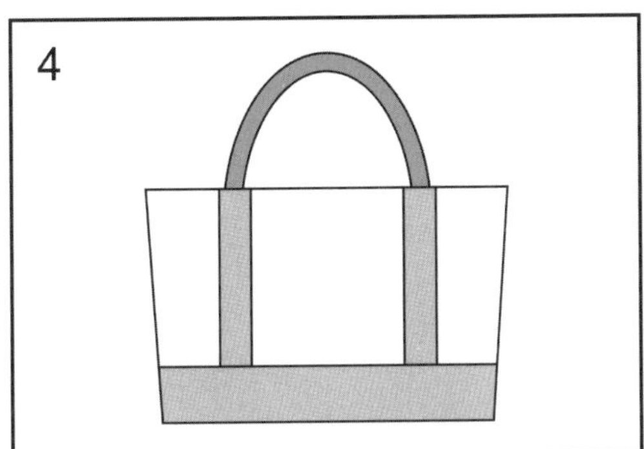

3 ばん MP3 03-02-04

4 ばん MP3 03-02-05

1　5さつ

2　4さつ

3　3さつ

4　2さつ

5ばん MP3 03-02-06

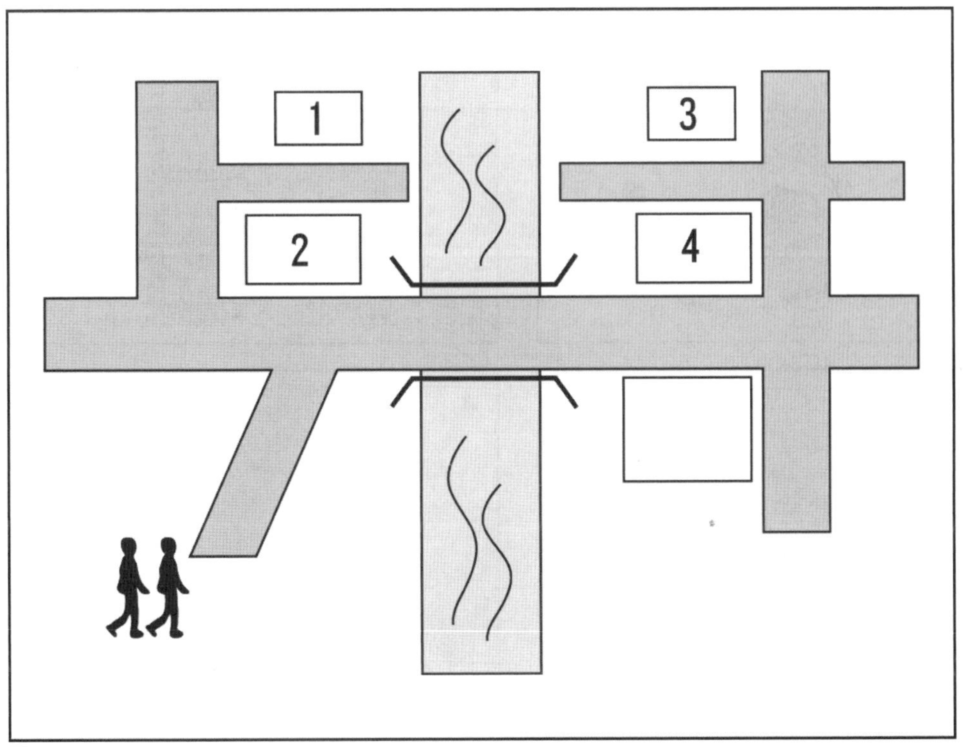

6ばん MP3 03-02-07

1　おべんとう

2　みず

3　ノートと　ペン

4　ほん

7ばん MP3 03-02-08

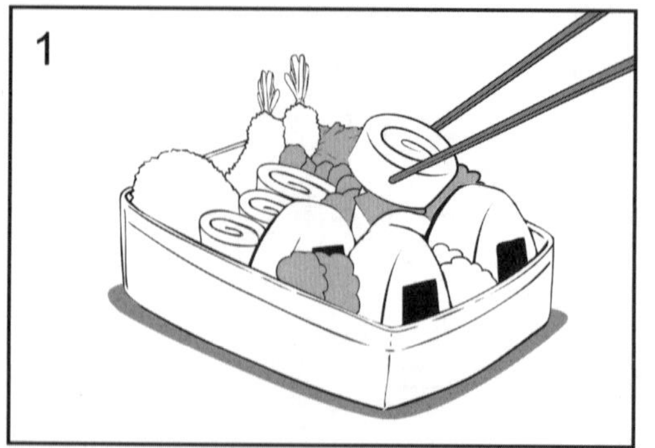

もんだい 2 MP3 03-02-09

もんだい 2 では、はじめに　しつもんを　きいて　ください。それから　はなしを　きいて、もんだいようしの　1 から 4 の　なかから、いちばん　いい　ものを　ひとつ　えらんで　ください。

れい

1　としょかん

2　きょうしつ

3　きっさてん

4　うち

1ばん MP3 03-02-10

1　さかなの　りょうり

2　にくの　りょうり

3　やさいの　りょうり

4　さかなと　にくの　りょうり

2ばん MP3 03-02-11

1　さとうさんが　かぜだったから

2　しごとを　していたから

3　テストの　べんきょうを　していたから

4　テストが　あったから

3ばん MP3 03-02-12

1　9じに　がっこうの　まえ

2　9じに　がっこうの　ちかくの　えき

3　10じに　えいがかんの　まえ

4　10じに　ほんやの　まえ

4ばん MP3 03-02-13

1　としょかんの　そうじ

2　きょうしつの　そうじ

3　おんがくしつの　そうじ

4　としょかんで　ほんを　ならべる

5ばん MP3 03-02-14

1　4じかん

2　5じかん

3　7じかん

4　8じかん

6ばん MP3 03-02-15

もんだい 3 MP3 03-02-16

もんだい 3 では、えを　みながら　しつもんを　きいて　ください。➡（やじるし）の　ひとは　なんと　いいますか。1から3の　なかから、いちばん　いい　ものを　ひとつ　えらんで　ください。

れい

1ばん MP3 03-02-17

2ばん MP3 03-02-18

3 ばん MP3 03-02-19

4 ばん MP3 03-02-20

5ばん MP3 03-02-21

もんだい４

MP3 03-02-22~26

もんだい４は、えなどが　ありません。ぶんを　きいて、１から３の なかから、いちばん　いい　ものを　ひとつ　えらんで　ください。

ーメモー

もんだい 1

MP3 03-03-01

もんだい 1 では、はじめに　しつもんを　きいて　ください。それから　はなしを　きいて、もんだいようしの　1 から 4 の　なかから、いちばん　いい　ものを　ひとつ　えらんで　ください。

れい

1　いま、ちいさい　かばんを　かう

2　いま、おおきい　かばんを　かう

3　あさって　ちいさい　かばんを　かう

4　あさって　おおきい　かばんを　かう

1 ばん MP3 03-03-02

2 ばん MP3 03-03-03

1　にしださんに　でんわを　かけます

2　さとうさんに　でんわを　かけます

3　にしださんと　さとうさんに　でんわをかけます

4　ばんごはんを　たべます

3ばん MP3 03-03-04

1　1かい

2　2かい

3　3かい

4　4かい

4ばん MP3 03-03-05

1　なまえと　うちの　じゅうしょ

2　なまえと　でんわばんごうと　うちの　じゅうしょ

3　なまえと　だいがくの　じゅうしょ

4　なまえと　でんわばんごうと　だいがくの　じゅうしょ

5ばん MP3 03-03-06

1

2

3

4

6ばん MP3 03-03-07

1 かいしゃの　しょくどう

2 こうえん

3 レストラン

4 コンビニ

7ばん MP3 03-03-08

1　いちばんホームの　でんしゃ

2　にばんホームの　でんしゃ

3　さんばんホームの　でんしゃ

4　よんばんホームの　でんしゃ

もんだい 2

MP3 03-03-09

もんだい 2 では、はじめに　しつもんを　きいて　ください。それから　はなしを　きいて、もんだいようしの　1 から 4 の　なかから、いちばん　いい　ものを　ひとつ　えらんで　ください。

れい

1　としょかん

2　きょうしつ

3　きっさてん

4　うち

1ばん MP3 03-03-10

1　ついたちの　すいようび

2　ふつかの　すいようび

3　ふつかの　もくようび

4　みっかの　もくようび

2ばん MP3 03-03-11

1　ともだちに　あいたいから

2　ふくが　ほしいから

3　ひまだから

4　りょうしんが　うるさいから

3 ばん MP3 03-03-12

1　こうえん

2　かわの　そば

3　がっこう

4　やま

4 ばん MP3 03-03-13

1　チケットが　ないから

2　アルバイトが　あるから

3　すきな　えいがではないから

4　ほかの　ともだちと　いくから

5ばん MP3 03-03-14

1　3920 － 8172

2　3920 － 8173

3　2837 － 8172

4　2837 － 8173

6ばん MP3 03-03-15

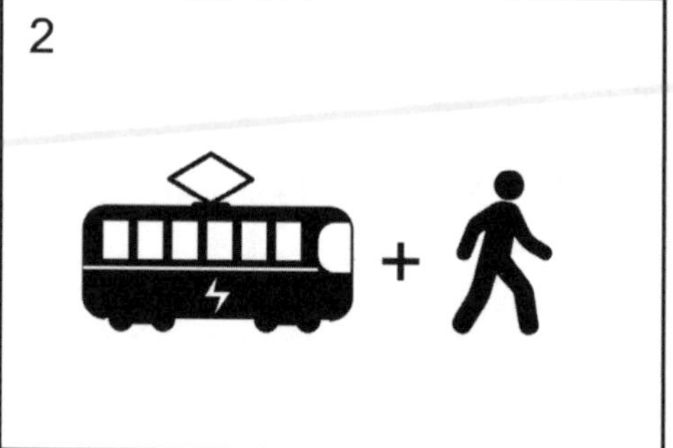

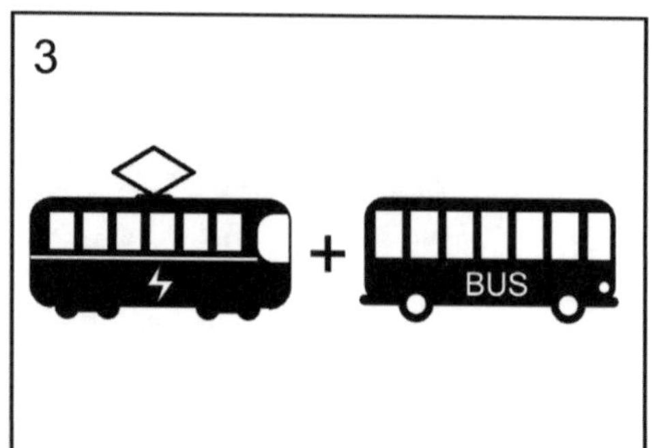

もんだい 3 MP3 03-03-16

もんだい 3 では、えを　みながら　しつもんを　きいて　ください。
➡（やじるし）の　ひとは　なんと　いいますか。1 から 3 の　なかから、いちばん　いい　ものを　ひとつ　えらんで　ください。

れい

1ばん MP3 03-03-17

2ばん MP3 03-03-18

3ばん MP3 03-03-19

4ばん MP3 03-03-20

5ばん MP3 03-03-21

もんだい 4

MP3 03-03-22~26

もんだい４は、えなどが　ありません。ぶんを　きいて、１から３の　なかから、いちばん　いい　ものを　ひとつ　えらんで　ください。

ーメモー

模擬試題 1 回目　スクリプト詳解

	1	2	3	4	5	6	7
問題 1	2	4	2	1	3	4	1
	1	2	3	4	5	6	
問題 2	3	3	4	4	2	4	
	1	2	3	4	5		
問題 3	1	2	1	3	2		
	1	2	3	4	5	6	
問題 4	1	3	1	1	2	3	

（M：男性　F：女性）

問題 1

1 番　MP3 03-01-02

男の人と女の人が話しています。女の人ははじめに、どれを洗いますか。

M：森田さん、お皿を洗ってください。

F：はい。この大きいお皿ですね。

M：あっ、ちょっと待って。今、小さいお皿があまりありませんね。

F：じゃ、それから、洗いましょうか。

M：そうですね。

F：スプーンやおはしは？

M：まだありますから、大きいお皿を洗ってから、洗ってください。

F：はい、わかりました。

男性與女性正在談話。女性要先從哪一個開始洗呢？

M：森田小姐，麻煩妳洗盤子。

F：好的。是這個大盤子吧？

M：啊，請等一下。目前小盤子不大夠呢！

F：那，我從小盤子開始洗吧？

M：是的。

F：湯匙或筷子呢？

M：因為目前還有，所以請妳洗完大盤子之後再洗那些。

F：好的，沒問題。

女の人ははじめに、どれを洗いますか。

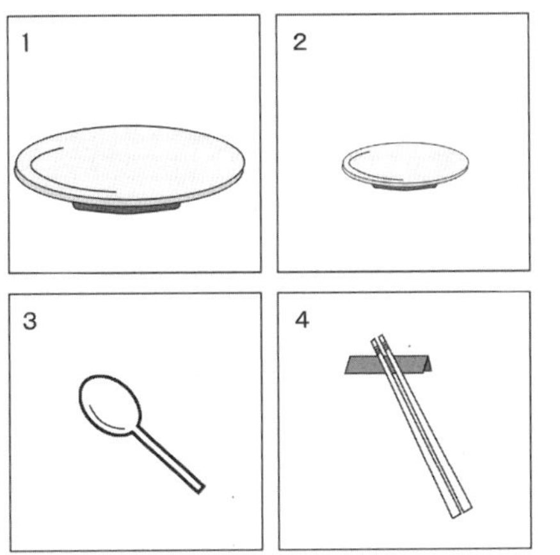

女性要先從哪一個開始洗呢？

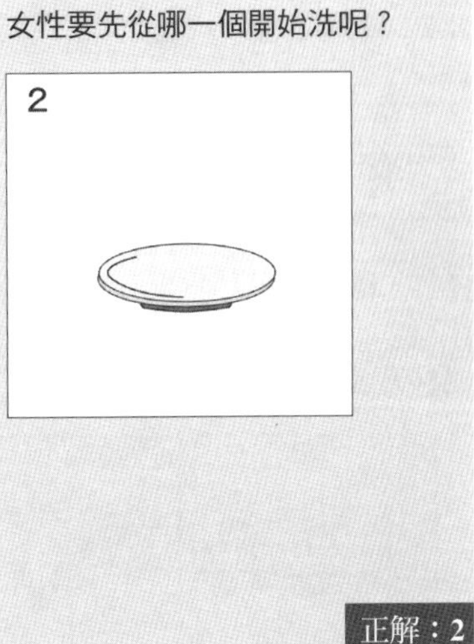

正解：2

重點解說

本題問的是「はじめにどれを洗いますか」也就是問最先洗的東西。「それから、洗いましょうか」是「從那個（小盤子），開始洗吧」的意思。

文法與表現

- 初めに

  相似語彙：今から、これから、まず、先に、最初に

- 小さいお皿があまりありません。

  「あまり＋否定用法」（不大～）

2番 MP3 03-01-03

女の人と男の人が話しています。女の人は何を買いますか。

F：すみません。そのパンを6つと、このジュースを3本ください。

M：はい。パン6つ、ジュース3本ですね。

F：あっ、すみません。パン、もう1つください。それから、コーヒーを1杯。

女性與男性正在談話。女性要買什麼呢？

F：不好意思。請給我那種麵包6個，還有這種果汁3瓶。

M：好的。麵包6個與果汁3瓶對吧。

F：啊，抱歉。麵包請多給我1個。然後，咖啡也請給我1杯。

M：じゃ、飲み物はジュースが3本、コーヒーが1つですか。

F：いいえ、ジュース2本とコーヒー1つお願いします。

M：はい。わかりました。

女の人は何を買いますか。

M：這樣的話，飲料是果汁3瓶，咖啡1杯嗎？

F：不是，麻煩給我果汁2瓶及咖啡1杯。

M：好的，我知道了。

女性要買什麼呢？

正解：4

重點解說

一開始雖然拜託對方拿6個麵包，但因為說了「もう1つ」，所以麵包是7個。

文法與表現

- パン6つ、ジュース3本ですね。

 ～ね：用於確認對方所說的話的終助詞。

3番 MP3 03-01-04

本屋で男の人と女の人が話しています。雑誌はどうなりましたか。

M：佐藤さん、音楽の雑誌はここでいいですか。

F：ええ、いいです。その隣にコンピューターの雑誌を置いてください。

M：右ですか、左ですか。

在書店男性與女性正在談話。雜誌的擺放變成怎樣了？

M：佐藤小姐，音樂雜誌放這裡可以嗎？

F：好的，可以。它旁邊請放電腦雜誌。

M：右邊嗎？還是左邊呢？

F：左に。それから、右に車の雑誌をお願いします。

M：はい。

F：あっ、音楽とコンピューターの間に服の雑誌を置いてください。

M：はい。

雑誌はどうなりましたか。

F：請放左邊。然後，它右邊麻煩你放汽車雜誌。

M：了解。

F：啊，音樂雜誌與電腦雜誌中間請放服裝雜誌。

M：好的。

雜誌的擺放變成怎樣了？

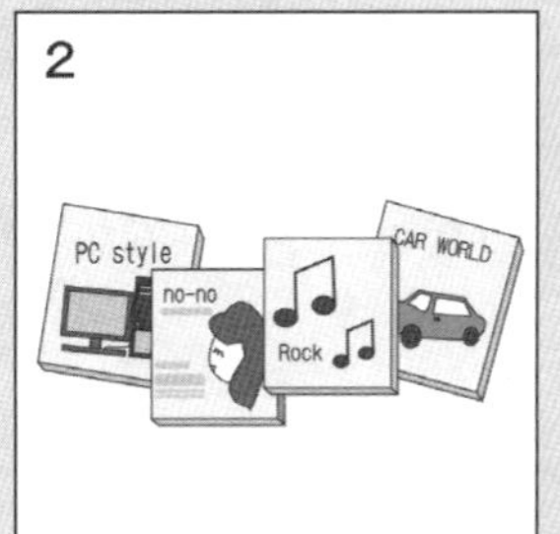

正解：2

重點解說

「（服の雑誌は）音楽とコンピューターの間に置いてください」注意被省略的地方。

文法與表現

- 右に車の雑誌をお願いします。

  N（を）お願いします／V（テ形）ください：指示或要求他人做～時的說法。

- 音楽の雑誌はここでいいですか。

  Nでいいですか：向對方確認「這樣可以嗎」的說法。

4番 MP3 03-01-05

女の人と男の人が話しています。女の人はこれから何をしますか。

F：掃除、終わりましたね。花に水をやってから、買い物に行かない？砂糖とたまごと牛乳。

M：そうだね。自転車で行く？

F：でも、自転車は1台しかないよ。2人で自転車は……。

M：そうだね。じゃ、僕が行くよ。花はお願い。

F：うん。じゃ、買い物よろしく。

女の人はこれから何をしますか。

1 

2 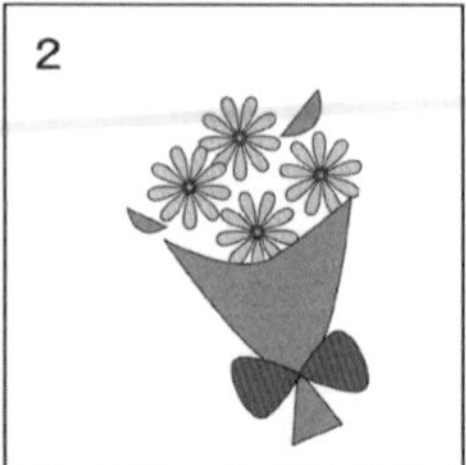

3 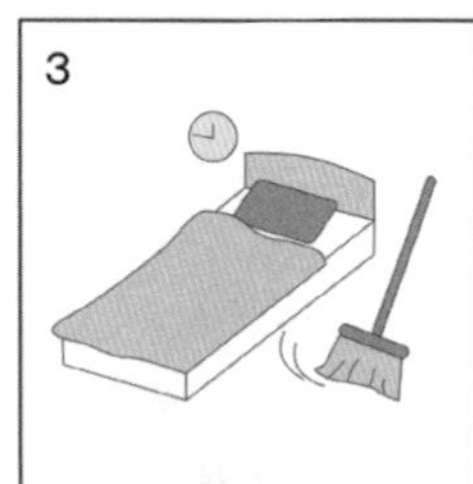

4 

女性與男性正在談話。女性接下來要做什麼呢？

F：打掃結束了呢。給花澆水之後，我們一起去購物吧。買砂糖、蛋還有牛奶。

M：是啊。騎腳踏車去嗎？

F：可是，腳踏車只有一台喔。兩個人共騎的話就……。

M：也是。那我去就好了。澆花的事就麻煩妳喔。

F：好。那買東西的事就麻煩你了。

女性接下來要做什麼呢？

1 

正解：1

重點解說

文法與表現

- 自転車は1台しかありません。

「Nしか＋否定」＝「Nだけ」（只有N）

5番 MP3 03-01-06

男の人と女の人が話しています。男の人はこれから何をしなければなりませんか。

M：木村さん、銀行へ行ってきますね。

F：後で郵便局へ行きますから、わたしが行きましょうか。

M：じゃ、お願いします。会議のコピーはしましたか。

F：いいえ。頼んでもいいですか。

M：ええ。

F：あしたの新幹線の切符は買いましたか。

M：いいえ。コピーしてから、コンピューターで買いますよ。

F：そうですか。じゃ、行ってきます。

男の人はこれから何をしなければなりませんか。

1. 銀行と郵便局へ行く
2. 銀行と郵便局と駅へ行く
3. コピーして、会社で新幹線の切符を買う
4. コピーしてから、駅へ行って新幹線の切符を買う

男性與女性正在談話。男性在談話後必須做什麼呢？

M：木村小姐，我去趟銀行。

F：因為等一下我要去郵局，所以我去吧！

M：那麻煩妳。會議用的影印完成了嗎？

F：還沒有。可以麻煩你嗎？

M：可以。

F：明天的新幹線的車票買了嗎？

M：還沒。我影印好了後，就用電腦買喔！

F：這樣啊！那，我走囉！

男性在談話後必須做什麼呢？

1. 去銀行與郵局
2. 去銀行、郵局與車站
3. 影印後，在公司裡買新幹線的車票
4. 影印後，去車站買新幹線的車票

正解：3

重點解說

「頼む」與「お願いする」意思一樣，同屬請求對方為自己做某事的表現。「ええ」與「はい」是相同意思。

6番 MP3 03-01-07

女の人と男の人が話しています。女の人はどれが欲しいですか。

F：何か書くものある？

M：うん。紙とペン？

F：紙はあるから、いいよ。青いボールペンはある？

M：赤しかないけど。

F：じゃ、赤でいい。それから、何か飲み物ある？

M：冷蔵庫に水とお茶とジュースがあるよ。

F：お茶がいいな。でも、冷たいのは……。

M：はい、はい。

女の人はどれが欲しいですか。

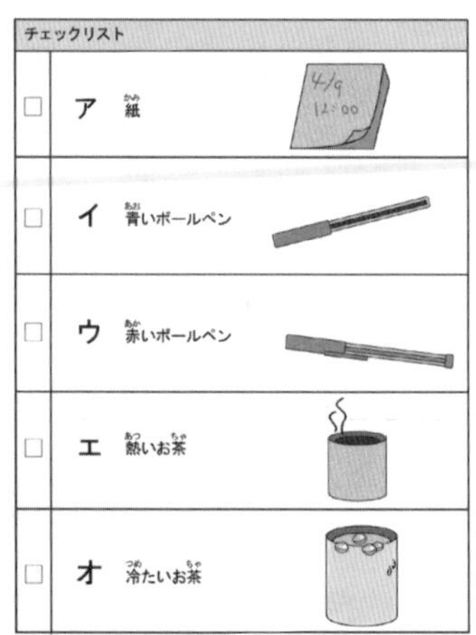

チェックリスト
ア 紙
4/9 12:00
イ 青いボールペン
ウ 赤いボールペン
エ 熱いお茶
オ 冷たいお茶

1. ア　イ　オ
2. ア　ウ　オ
3. イ　エ
4. ウ　エ

女性與男性正在談話。女性想要哪一個呢？

F：有沒有可以書寫的東西？

M：嗯，紙與筆可以嗎？

F：紙我有，所以不用。你有藍色原子筆嗎？

M：我只有紅色的耶……。

F：那，紅色的也行。然後，有沒有什麼飲料？

M：冰箱裡有水、茶及果汁喔！

F：茶是不錯啦！不過，冰的就有點……。

M：好啦，好啦，我知道了。

女性想要哪一個呢？

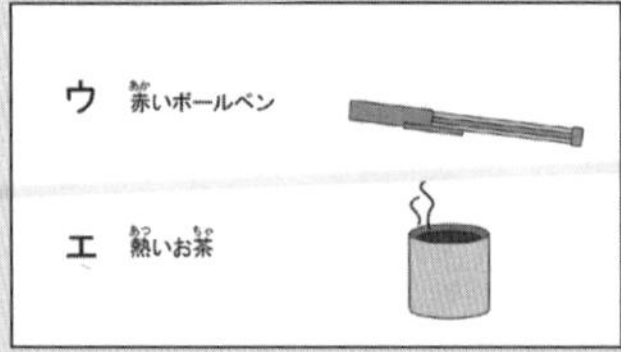

ア・紙

イ・藍色原子筆

ウ・紅色原子筆

エ・熱茶

オ・冰茶

正解：4

重點解說

「紙はあるから、いいよ」就是「紙はあるから、（紙は）要りません」（紙我有，所以不需要）的意思。「赤しかない」與「赤だけある」的意思相同，都表示「只有紅色」。大家一起記住「Nしか＋否定」＝「Nだけ」吧！

文法與表現

- **V（字典形）＋もの**

  書く（か）もの（用來寫的東西，也就是紙或筆）／食べる（た）もの（吃的東西）／飲む（の）もの（喝的東西）

7番 MP3 03-01-08

女（おんな）の人（ひと）が話（はな）しています。女（おんな）の人（ひと）はどんなT（ティー）シャツを作（つく）りましたか。

F：これはわたしの会社（かいしゃ）の新（あたら）しいT（ティー）シャツです。わたしが作（つく）りました。どうですか。かわいいでしょう。子供（こども）は動物（どうぶつ）が好（す）きです。でも、犬（いぬ）や猫（ねこ）のT（ティー）シャツはもうたくさんありますから、鳥（とり）の絵（え）のT（ティー）シャツを作（つく）りました。小（ち）さいポケットもあります。わたしはポケットは2（ふた）つ付（つ）けたかったんですが、みんなが1（ひと）つのほうがいいと言（い）いました。だからポケットは1（ひと）つです。

女性正在說話。女性做了什麼樣的T恤呢？

F：這是我公司的新T恤。是我做的。怎麼樣啊？很可愛吧？小孩子喜歡動物，但貓或狗的T恤已經太多了，所以我做了鳥的圖案的T恤。也附有小口袋。雖然我想裝上兩個口袋，但是大家說只裝一個比較好。所以口袋就只有一個了。

女（おんな）の人（ひと）はどんなT（ティー）シャツを作（つく）りましたか。

1
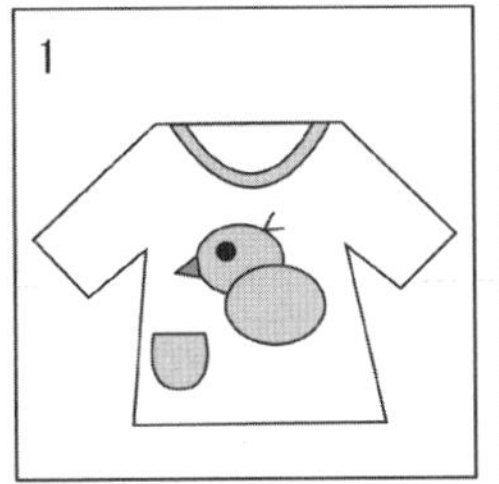

2
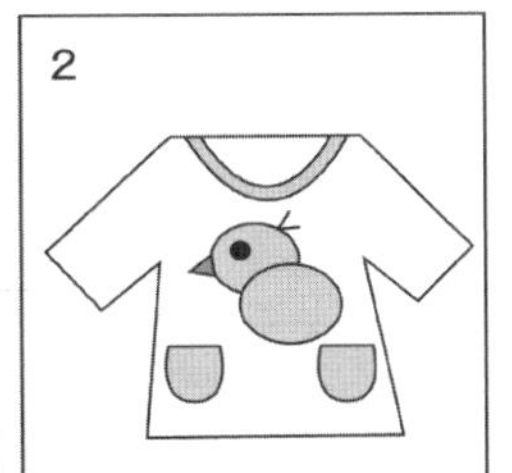

3

4

女性做了什麼樣的T恤呢？

1

正解：1

重點解說

文法與表現

- **わたしはポケットは2（ふた）つ付（つ）けたかったんですが。**

  V（マス形）たかった（「V（マス形）たい」的過去肯定形）：表示自己的希望最終沒有實現。

問題 2

1番 MP3 03-01-10

女の人と男の人が話しています。2人はいつ美術館へ行きますか。

F：ねえ、美術館、いつ行く？

M：月曜日は休みだよね。

F：ううん。休みは水曜日、あそこの美術館は。

M：じゃ、あした行っても開いてないね。

F：そうね。じゃ、あさってにする？

M：うん、そうしよう。

2人はいつ美術館へ行きますか。

1. 月曜日
2. 水曜日
3. 木曜日
4. 金曜日

女性與男性正在談話。兩個人什麼時候去美術館呢？

F：我問你喔，什麼時候去美術館？

M：週一是休館日吧！

F：不是喔，那裡的美術館是星期三休館。

M：那這樣，就算是明天去也沒開嘛！

F：是呀！那要後天去嗎？

M：嗯，就這麼辦吧！

兩個人什麼時候要去美術館呢？

1. 星期一
2. 星期三
3. 星期四
4. 星期五

正解：3

重點解說

美術館的休館日是星期三。因為有說了「あした行っても開いてないね」，所以知道明天是週三這件事。

文法與表現

- **あさってにする？……うん、そうしよう。**

  Nにする：決定某事的說法

  そうしよう：贊成某決定時的說法

2番 MP3 03-01-11

男の人と女の人が話しています。渡辺さんはどうしてきょうパーティーに来ませんか。

F：こんばんは。あれ？渡辺さんは？

M：きょうは来ないよ。

F：パーティーが嫌い？

M：ううん。病院へね。

F：えっ？病気？

M：違うよ。お父さんがね。

F：お父さんが病気？

M：ううん、お父さんが病院で働いているから、会いに行ったんだ。

F：そう。お父さんは、元気なんだね。よかった。

渡辺さんはどうしてきょうパーティーに来ませんか。

1. 渡辺さんは病気だから
2. 渡辺さんのお父さんが病気だから
3. 渡辺さんはお父さんに会うから
4. 渡辺さんはパーティーが好きではないから

男性與女性正在談話。渡邊先生為什麼不來參加今天的派對呢？

F：晚安，咦，渡邊先生呢？

M：今天不會來喔。

F：是討厭派對嗎？

M：不是。是去醫院了啦。

F：咦？生病了嗎？

M：不是呦。是因為他爸爸啦。

F：渡邊先生的爸爸病了？

M：不是啦，渡邊先生的爸爸因為在醫院工作，所以渡邊先生去醫院見他。

F：這樣啊。渡邊先生的爸爸一切安康，那就好。

渡邊先生為什麼不來參加今天的派對呢？

1. 因為渡邊先生生病了
2. 因為渡邊先生的爸爸生病了
3. 因為渡邊先生去見他爸爸
4. 因為渡邊先生不喜歡參加派對

正解：3

重點解說

去醫院會有各種理由。而渡邊先生的爸爸因為在醫院工作，也可能是位醫生。

3番 MP3 03-01-12

男の人と女の人が話しています。2人は何で行きますか。

M：図書館だけど、あした何で行く？歩いて行く？

F：そうね……。でも、本がたくさんあるから、車で行かない？

M：車はあした弟が使うから。

F：そう。じゃ、自転車で。

M：でも、自転車に乗ることができないから。

F：そうだったね。じゃ、わたし1人で行くよ。

M：でも、借りたい本があるから。あさって行かない？自動車で。

F：いいよ。

2人は何で行きますか。

1

2

3
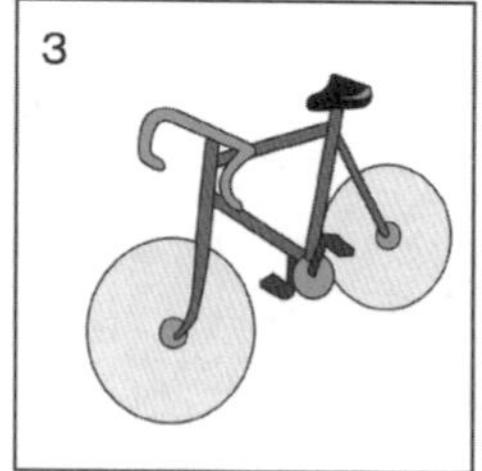

4

男性與女性正在談話。兩人要怎麼去呢？

M：我們明天要怎麼去圖書館呢？走路去嗎？

F：這個嘛……不過，因為有很多書，所以開車去吧？

M：我弟明天要用車。

F：這樣啊，那騎腳踏車去吧！

M：可是，我不會騎腳踏車。

F：對耶，那我一個人去吧！

M：不過，我有想借的書，我們後天去吧？開車去。

F：好啊！

兩人要怎麼去呢？

4

正解：4

重點解說

「2人は何で行きますか」的「何で」是問用何種交通方式的意思。

4番 MP3 03-01-13

女の人と男の人が話しています。2人はどこで会いますか。

F：あした、どこで会う？

M：本屋はどう？

F：駅の前の？

M：ううん、デパートの3階の。

F：あの新しくて広い本屋？あそこは人が多いでしょう。それより、喫茶店のほうが……。

M：何階の喫茶店？

F：本屋の上の階。あそこは人が少ないから。

M：わかった。じゃ、またあした。

2人はどこで会いますか。

1. 3階の本屋
2. 3階の喫茶店
3. 4階の本屋
4. 4階の喫茶店

女性與男性正在談話。兩人要約在哪裡見面呢？

F：明天，約哪裡碰面呢？

M：約書店見如何？

F：車站前那家嗎？

M：不是，百貨公司3樓的那間。

F：那間又新又大的書店嗎？那裡應該很多人吧！比起那裡，咖啡店還比較好……。

M：幾樓的咖啡店呢？

F：書店的樓上。因為那裡人算少的。

M：好的。那明天見。

兩人要約在哪裡見面呢？

1. 3樓的書店
2. 3樓的咖啡店
3. 4樓的書店
4. 4樓的咖啡店

正解：4

重點解說

對於「本屋はどう？」這樣的提議，女性說「あそこは人が多いでしょう」以「多い」作為理由予以反對。「それより、喫茶店のほうが（いい）」句子後面沒說出「いい」，是以婉轉的方式敘述了自己的意見。

文法與表現

- **本屋はどう？**

  Nはどう？＝Nはどうですか。（N如何呢？）：向對方提議的說法

5番 MP3 03-01-14

男の人と女の人が話しています。男の人は先週の日曜日何をしましたか。

M：佐藤さん、映画はどうでしたか。

F：よかったですよ。その後、友達と家で料理を作って食べました。山田さんは？日曜日はどうでしたか。

M：いやぁ、先週は疲れました。京都へ行きました。

F：ええ？仕事ですか。

M：いいえ、アメリカから友達が来ましたから、いっしょに。楽しかったですが、とても寒かったです。

F：そうですか。

M：いつもは日曜日に映画を見ますが、旅行もいいですね。

男の人は先週の日曜日何をしましたか。

1

2

3

4

男性與女性正在談話。男性在上週日做了什麼呢？

M：佐藤小姐，電影好看嗎？

F：很棒喔！看完後，我跟朋友在家裡做些料理吃。山田先生你呢？上週日過得如何呀？

M：唉！上週好累，去了趟京都。

F：咦？為了工作嗎？

M：不是，因為朋友從美國來，所以就一起去。是很好玩啦，但是冷死了。

F：這樣啊。

M：我雖然總是在週日看電影，不過旅行也不錯呢！

男性在上週日做了什麼呢？

2

正解：2

重點解說

請注意最後那句「いつもは日曜日に映画を見ます」這是平常老是在做的事，但上週不是這樣喔！

文法與表現

- 楽しかったですが、とても寒かったです。

  が：表示逆接的接續助詞

6番 MP3 03-01-15

女の人と男の人が話しています。女の人はどうしてタバコを吸いませんか。

M：あれ？鈴木さん、体に悪いから、タバコをやめたんですか。

F：そうじゃないんですけど。

M：ああ、タバコが高くなったからですか。

F：そうじゃなくて。私、子供にコンピューターを習っているんです。

M：ああ、子供さんに。

F：ええ、楽しいですよ。でも、タバコは子供の体に悪いですからね。やめたんです。

M：ああ、なるほど。

女の人はどうしてタバコを吸いませんか。

1. 女の人の体に悪いから
2. タバコが高いから
3. 子供がタバコが嫌いだから
4. 子供の体に悪いから

女性與男性正在談話。女性為什麼不抽菸呢？

M：咦？鈴木小姐，妳是因為覺得抽菸對身體不好所以戒掉了嗎？

F：不是這樣的。

M：啊，是因為菸變貴了嗎？

F：不是的。是因為我在跟我家小孩學電腦。

M：啊！跟孩子學。

F：是啊，很好玩喔！不過，菸對小孩子的身體不好，所以戒掉了。

M：喔，原來如此。

女性為什麼不抽菸呢？

1. 因為對女性的身體不好
2. 因為菸貴
3. 因為小孩子討厭香菸
4. 因為對小孩子的身體不好

正解：4

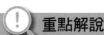

重點解說

由於最後出現「子供の体に悪いですからね」的敘述，可知女性戒菸是顧慮到孩子的身體，而不是自己的身體。

問題 3

1 番 MP3 03-01-17

先生に宿題を出します。何と言いますか。

M： 1. 先生、これ、お願いします。

2. 先生、宿題を出してください。

3. 先生、きょうは宿題がありますか。

向老師提交作業。該說什麼呢？

M： 1. 老師，這個，麻煩您。

2. 老師，請您交作業。

3. 老師，今天有作業嗎？

正解：1

重點解說

提交作業時，以及向上司提交書面資料時，用「お願いします」。作業經老師看過以後則對其回應「ありがとうございました」。

2 番 MP3 03-01-18

友達が 1 時間、遅く来ました。何と言いますか。

F： 1. ごめん、ごめん。待った？

2. 遅かったね。どうしたの？

3. 待ってるから、ゆっくり来てね。

朋友遲到了一小時。該說什麼呢？

F： 1. 抱歉、抱歉。你等很久了吧？

2. 你好慢喔！發生什麼事了嗎？

3. 我會等你，慢慢來喔。

正解：2

重點解說

選項 3 是女性對尚未到達約定場所的男性所說的話。

3番 MP3 03-01-19

友達の部屋に旅行の雑誌がありました。見たいです。何と言いますか。

M： 1. この雑誌、見てもいい？
　　2. この雑誌、見て。
　　3. この雑誌、見たよ。

朋友的房間裡有旅行的雜誌。自己想要看。該說什麼呢？

M： 1. 這本雜誌，我可以看看嗎？
　　2. 你看看這本雜誌。
　　3. 這本雜誌我看過囉！

正解：1

重點解說

想看朋友的雜誌時，使用「見てもいい？」也就是「V（テ形）もいいですか」這種用來請求許可的句型。

4番 MP3 03-01-20

かばんが見たいです。店の人に何と言いますか。

F： 1. そのかばんを見てもいいですよ。
　　2. そのかばんを見せましょうか。
　　3. そのかばんを見せてください。

想看包包。該對店裡的人說什麼呢？

F： 1. 你可以看那個包包喔！
　　2. 我把那個包包拿給你看吧！
　　3. 請讓我看那個包包。

正解：3

重點解說

本問題是「（客人）應該對店裡的人說什麼呢」這樣的意思。必須思考客人所說的話。選項3裡有「見せる」（讓我看），並使用了「V（テ形）＋ください」表請求的句型，所以正是答案。附帶一提，「見てください」（請你看）是不一樣的意思，敬請注意。

5番  03-01-21

<ruby>隣<rt>となり</rt></ruby>の<ruby>人<rt>ひと</rt></ruby>がボールペンを<ruby>忘<rt>わす</rt></ruby>れました。<ruby>何<rt>なん</rt></ruby>と<ruby>言<rt>い</rt></ruby>いますか。

M： 1. ボールペンを借（か）りてもいい？
2. ボールペンを貸（か）しましょうか。
3. ボールペンはどこですか。

旁邊的人忘了帶原子筆。該說什麼呢？

M： 1. 我可以向你借原子筆嗎？
2. 我借你原子筆吧！
3. 原子筆在哪裡呢？

正解：2

重點解說

發現同事忘了帶筆，向他表明要借給他時，使用「貸（か）しましょうか」（我借給你吧）這種「V（マス形）ましょうか」表示「提議」的句型。

附帶一提，想向別人借些什麼時，就使用「借（か）りてもいいですか」（可以向你借嗎？）或「貸（か）してください」（請借給我）吧！

問題 4

1 番 MP3 03-01-23

F：すみません。これください。
M：1. はい、こちらですね。
　　2. はい、ここですね。
　　3. はい、あちらですね。

F：不好意思，請給我這個。
M：1. 好，是這個吧！
　　2. 好，在這裡吧！
　　3. 好，在那裡吧！

正解：1

重點解說

這裡的「こちら」是「これ（這個）」較有禮貌的說法。

2 番 MP3 03-01-24

M：これ、つまらないものですが。
F：1. いいえ、つまらなくありません。
　　2. そうですね。大丈夫（だいじょうぶ）ですよ。
　　3. どうもすみません。

M：這個，不成敬意的小東西。
F：1. 不，不會無聊。
　　2. 嗯，沒關係喔！
　　3. 真是謝謝你。

正解：3

重點解說

選項 2 的「そうですね」是表示自己同意對方的說法，所以「そうですね」變成是認同對方所說的（不成敬意的小東西）意思。「どうもすみません」則表達了讓對方費心而感到不好意思的心情，或是表達出自己感謝的心意。

3番 MP3 03-01-25

F：ここでタバコを吸ってもいいですか。
M：1. いいえ、吸ってはいけません。
2. いいえ、あまり吸いません。
3. 私はタバコは体に悪いと思います。

F：我可以在這裡抽菸嗎？
M：1. 不，不可以抽菸。
2. 不，我不大抽菸。
3. 我認為菸對身體不好。

正解：1

重點解說

針對【請求許可】的句型「V（テ形）もいいですか」，不予同意時用「V（テ形）はいけません」的句型。若允許對方抽菸時可說「ええ、どうぞ（嗯，請）」。

4番 MP3 03-01-26

M：紙の無駄が多いですね。
F：1. わたしもそう思います。紙を使わないほうがいいですね。
2. すみません。紙を使わないでください。
3. そうですか。じゃ、ここに置きましょう。

M：太浪費紙了。
F：1. 我也這麼認為。還是不要使用紙比較好吧！
2. 抱歉。請你不要使用紙。
3. 這樣啊，那麼，我們放到這裡來吧！

正解：1

重點解說

這是「常體＋と思う」的句型。當使用「そう思う」時「と」是不必要的。「わたしもそう思います」的「そう」代表對方的看法「そう＝紙の無駄が多い」

5番 MP3 03-01-27

F：荷物を一つ持ちましょうか。
M：1. とても重いですね。
2. いいえ、結構です。
3. 荷物は一つだけですか。

F：我幫你拿一個行李吧！
M：1. 很重吧！
2. 不用了。
3. 只有一個行李嗎？

正解：2

重點解說

「持ちましょうか」是向對方傳達自己願意幫忙時的說法。想得到對方幫忙時則用「ありがとうございます」或「お願いします」來回答。

6番 MP3 03-01-28

M：日本語（にほんご）が上手（じょうず）ですね。	M：你日語好厲害喔！
F：1. ええ、とても難（むずか）しいです。	F：1. 是啊，非常難。
2. いいえ、そうじゃありません。	2. 不，不是這樣。
3. いいえ、まだまだです。	3. 不，還得加油呢！

正解：3

重點解說

被誇讚「上手（じょうず）ですね」時謙虛的回應方式為「いいえ、まだまだです」。有時也會坦率地用「ありがとうございます」回應。「そうじゃありません」是用於否定對方所說的話時。但能用「そんなことありません」（沒這回事）來回應。

模擬試題２回目　スクリプト詳解

	1	2	3	4	5	6	7
問題 1	2	4	1	2	1	3	2
問題 2	1	2	3	3	4	3	
問題 3	1	2	3	3	2		
問題 4	1	2	3	1	2	2	

（M：男性　F：女性）

問題 1

1 番　MP3 03-02-02

クラスで先生が話しています。学生は今から、どこを勉強しますか。

F：皆さん、では、始めましょう。きのうは４８ページまで勉強しましたので、きょうは次のページからですね。このページの問題は宿題でしたが、皆さん、やってきましたか。

M：はい。

F：では、そこから始めましょう。きょうは５７ページまで勉強したいと思っています。

老師正在班上說話。學生現在要學習哪一頁呢？

F：那麼，各位同學，我們開始吧！因為我們昨天學習到第48頁，所以今天就從下一頁開始吧！這一頁的題目是指定的作業，各位同學，你們都做好了嗎？

M：做了。

F：那麼，我們就從那裡開始吧！今天我想要上到第57頁為止。

学生は今から、どこを勉強しますか。

1. ４８ページを勉強する
2. ４９ページを勉強する
3. ５７ページを勉強する
4. ５８ページを勉強する

學生現在要學習哪一頁呢？

1. 學習第48頁
2. 學習第49頁
3. 學習第57頁
4. 學習第58頁

正解：2

重點解說

昨天學習到第 48 頁，由於「きょうは次のページからですね」可知是第 49 頁。「そこから始めましょう」的「そこ」指的就是之前所說的那一頁。也就是「次のページ」。

2 番 MP3 03-02-03

デパートで、店の人と女の人が話しています。女の人は、どのかばんを買いますか。	百貨公司裡，店裡的人與女性正在談話。女性要買哪個包包呢？
M：いらっしゃいませ。この白いかばんはどうですか。	M：歡迎光臨。這個白色的包包如何呢？
F：小さくてかわいいですね。でも、きょうは仕事で使うかばんを探しているんです。	F：既小巧又可愛呢！不過，我今天在找工作上要使用的包包。
M：では、こちらは、いかがですか。大きいので、パソコンも入りますよ。	M：那麼，這個如何呢？因為是大包包，電腦也能放進去喔！
F：それはいいですね。白と黒、どっちがいいかな……。うーん、黒いかばんはもうありますから、白をください。	F：那個不錯耶！白色與黑色，那一個好呢……？嗯，因為我已經有黑色包包了，所以請給我白色的。
M：はい、ありがとうございます。	M：好的，謝謝您。

女の人は、どのかばんを買いますか。

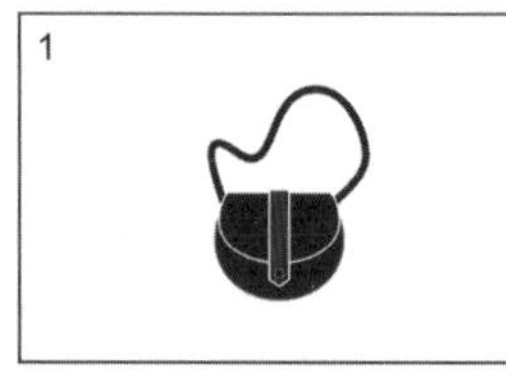

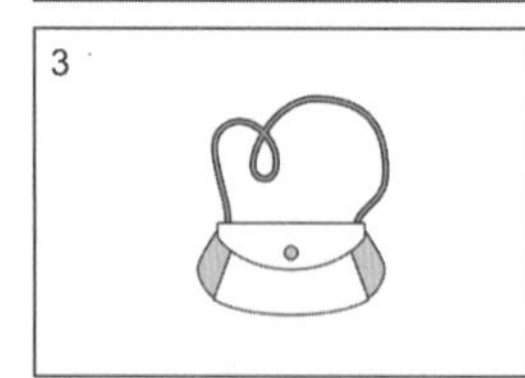

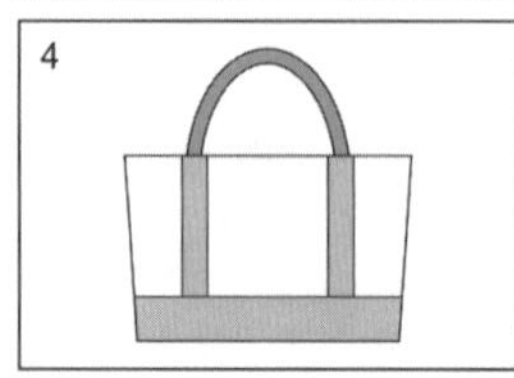

女性要買哪個包包呢？

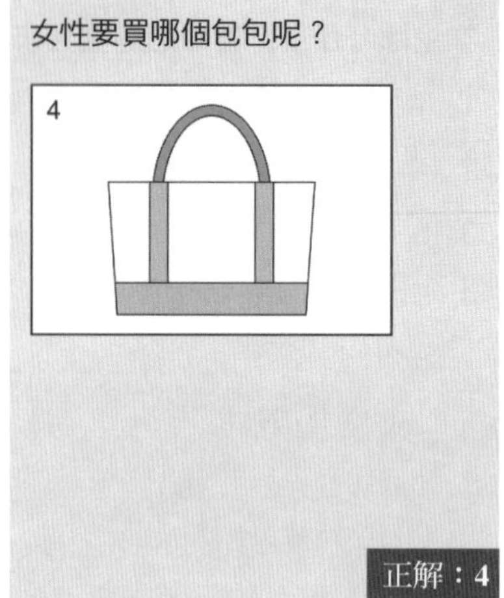

正解：4

重點解說

針對「大きいので、パソコンも入りますよ」，回答「それはいいですね」是表示同意其提案。所以可知女性要買的是大包包。

3番 MP3 03-02-04

男の人と女の人が話しています。女の人はこのあと何をしますか。

男性與女性正在談話。女性在談話後要做什麼呢？

M：すみません、山田さん、この写真を先生に返してください。

M：抱歉，山田小姐，請把這張照片還給老師。

F：先生はもう帰りましたよ。

F：老師已經回去了喔！

M：えっ、そうですか。あしたから夏休みですね。じゃ、郵便でお願いします。

M：啊，這樣啊！明天開始就是暑假了。那，麻煩妳用郵寄的。

F：切手がありますか。

F：有郵票嗎？

M：ええ、机の引き出しの中に。

M：有的，在書桌的抽屜裡。

F：いくらの切手を貼りますか。

F：要貼多少錢的郵票呢？

M：ああ、わかりません。じゃ、すみませんが。

M：啊，我不知道。那，麻煩妳一下……。

F：わかりました。すぐ行きます。

F：好的，我馬上去。

女の人はこのあと何をしますか。

女性在談話後要做什麼呢？

正解：1

重點解說

雖然有郵票，但是因為不知道要貼多少錢的郵票才夠，所以還是必須去郵局問清楚。

4番 MP3 03-02-05

図書館の人と男の人が話してします。男の人は本をきょう何冊借りますか。

M：あのう、4冊、借りたいんですが。

F：はい、4冊ですね。あれ？今、2冊借りていますよね。5冊までは貸すことができるんですが。

M：あっ、今、2冊、返します。

F：そうですか。はい、わかりました。

男の人は本をきょう何冊借りますか。

1. 5冊
2. 4冊
3. 3冊
4. 2冊

圖書館人員和男性正在說話。男性今天要借幾本書呢？

M：那個，我想借4本書。

F：好的，4本是吧！咦？您目前已經借了2本喔！每個人可以借到5本。

M：啊，我現在就還這2本。

F：這樣啊！好的，我知道了。

男性今天要借幾本書呢？

1. 5本
2. 4本
3. 3本
4. 2本

正解：2

重點解說

因為男性還了2本他之前借走的書，所以今天可以借4本書。

5番 MP3 03-02-06

女の人と男の人が話しています。男の人の家はどこですか。	女性與男性正在談話。男性的家在哪裡呢？
F：村上さんのお家はこの近くですよね。	F：村上先生的家是在這附近對吧？
M：ええ、あそこに橋がありますね。	M：是啊，那裡有座橋呢！
F：ええ。橋の向こうですか。	F：咦，是在橋的對面嗎？
M：いいえ、橋の前に大きい家がありますね。	M：不是喔，橋的前面有棟大房子吧！
F：橋の前に。あのお家ですか。	F：在橋的前面。是那棟房子嗎？
M：いいえ、その後ろです。	M：不是，是那棟房子的後面。
F：そうですか。	F：這樣啊！
男の人の家はどこですか。	男性的家在哪裡呢？

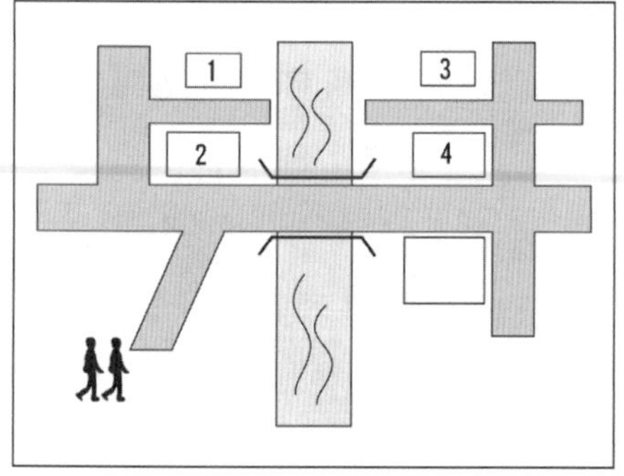

正解：1

重點解說

「橋の向こう」也就是「橋を渡った所」（過橋後的地方）的意思，所謂的「橋の前」則是「橋を渡る前の所」（還沒過橋前面的地方）」的意思。男性最後說的意思是「その（＝大きいお家の）後ろ」（在那棟大房子的後面）。

6番 MP3 03-02-07

学校で先生が話しています。学生はあした何を持ってこなければなりませんか。

F：皆さん、あしたはみんなで動物園へ行きます。動物園で日本の動物を見て、動物園の人の話を聞きます。ペンとノートを持ってきてください。質問する時間がありますから、質問も考えてくださいね。お昼ご飯は動物園で食べます。お弁当や水を持ってきてもいいですが、飲み物や食べ物は動物園でも売っています。学校からバスで行きますから、朝9時に学校に来てください。午後3時ごろ学校に帰ります。あしたは勉強しませんから、本は持ってこなくてもいいですよ。

學校裡老師正在說話。學生明天必須要帶什麼來呢？

F：各位，明天大家要一起去動物園。我們要在動物園看日本的動物，並聽園方工作人員的說明。請各位帶筆與筆記本來。因為會有提問的時間，所以也請各位思考要提出的問題。我們會在動物園吃午飯。各位也可以自行帶便當跟水來，不過動物園內也有販賣飲品和吃的。因為我們要從學校搭巴士去，請各位早上9點時來學校。大約會在下午3點回學校。明天不用上課，所以不帶書來也沒關係喔！

学生はあした何を持ってこなければなりませんか。

1. お弁当
2. 水
3. ノートとペン
4. 本

學生明天必須要帶什麼來呢？

1. 便當
2. 水
3. 筆記本與筆
4. 書

正解：3

重點解說

由於「お弁当や水を持ってきてもいいです」的「V（テ形）もいいです」句型表示要帶來或不帶來都可以的意思，所以便當跟水不是必須帶來的東西。

7番 MP3 03-02-08

男の人と女の人が話しています。男の人はこれから何をしますか。

F：先に行くから、あとはお願いね。お弁当はテーブルの上にあるから。

M：うん。1階の窓は……。

F：閉めたよ。お皿もさっき洗ったからね。それから、ゴミはきのう捨てたから、きょうは捨てなくてもいいよ。あっ、2階の窓、忘れてた。

M：わかった。僕が閉めるよ。

男の人はこれから何をしますか。

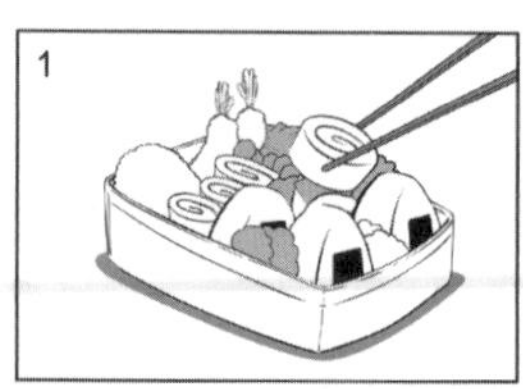

男性與女性正在談話。男性在談話後要做什麼呢？

F：因為我要先走，剩下的就麻煩你囉！便當在桌上。

M：嗯，1樓的窗戶是要……？

F：已經關上了喔！盤子我剛才也洗好了。還有，垃圾我昨天已經倒了，所以今天不倒也沒關係。啊，我忘了關2樓的窗戶。

M：好的，我會去關喔！

男性在談話後要做什麼呢？

正解：2

重點解說

從最後女性的「2階の窓、忘れてた」與男性的「僕が閉めるよ」，可知答案是關窗戶。

問題 2

1番 MP3 03-02-10

レストランで男の人と女の人が話しています。男の人はきのうの夜、何を食べましたか。

F：ああ、おなかがすきましたね。何を食べましょうか。この店の魚の料理はおいしいですよ。

M：きのうの晩、食べましたから、きょうは肉にします。山田さんは？

F：肉もいいなあ。あっ、でも、野菜をあまり食べていませんから、野菜の料理にします。

在餐廳裡男性與女性正在談話。昨夜男性吃了什麼呢？

F：啊，我好餓喔！要吃什麼好呢？這間店的魚料理很好吃喔！

M：因為我昨晚吃過了，所以今天要吃肉。山田小姐妳呢？

F：吃肉也不錯啊！啊，不過最近我都不大吃蔬菜，所以我吃蔬菜料理好了。

男の人はきのうの夜、何を食べましたか。

1. 魚の料理
2. 肉の料理
3. 野菜の料理
4. 魚と肉の料理

昨夜男性吃了什麼呢？

1. 魚料理
2. 肉類料理
3. 蔬菜料理
4. 魚跟肉類的料理

正解：1

重點解說

本題重點是那位男性，以及他昨晚吃的東西。女性跟他說魚料理很好吃，但他說「きのうの晩、食べました」。因為「きのうの夜」與「きのうの晩」都是同樣的意思，所以答案是 1。

2番 MP3 03-02-11

男の人と女の人が話しています。男の人はきのうどうしてパーティーに来ませんでしたか。

F：佐藤さん、きのうどうしたんですか。みんな待っていましたよ。

男性與女性正在談話。男性為什麼昨天沒來參加派對呢？

F：佐藤先生，昨天發生什麼事了嗎？大家都在等你喔。

M：すみません。弟がかぜだったんです。弟はきのう、うちの店の仕事をすることができませんでした。

F：ああ、きのうは佐藤さんが。

M：そうなんです。とても忙しかったですから、テストの勉強もできませんでした。ああ、眠いです。

男の人はきのうどうしてパーティーに来ませんでしたか。

1. 佐藤さんがかぜだったから
2. 仕事をしていたから
3. テストの勉強をしていたから
4. テストがあったから

M：很抱歉。我弟弟感冒了。我弟昨天沒辦法做我家店內的工作。

F：啊，所以昨天是佐藤先生你（在做）啊。

M：是呀。因為太忙了，也沒辦法準備考試。啊，好睏喔。

男性為什麼昨天沒來參加派對呢？

1. 因為佐藤先生感冒了
2. 因為在工作
3. 因為在準備考試
4. 因為有考試

正解：2

重點解說

從「ああ、きのうは佐藤さんが」這句話可知，男性前一句話裡表達了「因為弟弟感冒，沒辦法做（佐藤先生家）店裡的工作，所以由佐藤先生代替他弟弟工作」這樣的內容。

3番 MP3 03-02-12

男の人と女の人が話しています。今度の日曜日、二人は何時にどこで会いますか。

M：ねえ、この映画、もう見た？

F：ううん、まだ。今度の日曜日、いっしょに行かない？

M：うん。じゃ、9時に学校の近くの駅はどう？

F：私のうちからは遠いから、10時に映画館の前にしない？

男性與女性正在談話。這個星期日，兩人要約幾點在哪裡見面呢？

M：我問妳喔，這部電影妳看過了嗎？

F：不，還沒。這個星期日，我們一起去看好嗎？

M：好啊！那麼，9點時約在學校附近的車站如何？

F：從我家過去那裡還挺遠的，要不我們10點時約在電影院門口吧？

M：映画館の近くの本屋はどう？本を買いたいんだ。

F：本屋は映画を見てから、行こうよ。

M：そうだね。じゃ、映画館でね。

今度の日曜日、二人は何時にどこで会いますか。

1. 9時に学校の前
2. 9時に学校の近くの駅
3. 10時に映画館の前
4. 10時に本屋の前

M：電影院附近的書店如何？我想買本書。

F：我們看完電影後再一起去書店吧！

M：也好。那麼，就約在電影院。

這個星期日，兩人要約幾點在哪裡見面呢？

1. 9點時約在學校前
2. 9點時約在學校附近的車站
3. 10點時約在電影院前
4. 10點時約在書店前

正解：3

重點解說

因為約見面的地點改為電影院前，所以見面時間是 10 點。

4番 MP3 03-02-13

学校で先生が話しています。女の学生は、来週月曜日に何をしなければなりませんか。

M：皆さん、おはようございます。来週ですが、授業が終わってから、女の学生は月曜日と水曜日、図書館の掃除をしてください。火曜日と木曜日は教室の掃除をしてください。あっ、すみません。図書館ではありません。音楽室です。音楽室をお願いします。男の学生は月曜日と金曜日、教室の掃除をしてください。火曜日と木曜日は図書館へ行って本を並べてください。

學校的老師正在說話。女同學在下週一必須做什麼呢？

M：各位早安。關於下週，週一及週三，請女同學上完課後打掃圖書館。週二及週四則麻煩打掃教室。啊，抱歉，不是圖書館，是音樂教室。麻煩請打掃音樂教室。男同學則是請在週一及週五打掃教室。還有請在週二及週四時去圖書館排列書本。

女の学生は、来週月曜日に何をしなければなりませんか。

1. 図書館の掃除
2. 教室の掃除
3. 音楽室の掃除
4. 図書館で本を並べる

女同學在下週一必須做什麼呢？

1. 打掃圖書館
2. 打掃教室
3. 打掃音樂教室
4. 在圖書館排列書本

正解：3

重點解說

從「図書館ではありません。音楽室です。音楽室をお願いします」可知，原本說是週一打掃圖書館，結果更正為音樂教室。本題的重點是女學生，所以男學生該做的事與答案無關。

5番 MP3 03-02-14

男の学生が話しています。男の学生は先週の水曜日、何時間働きましたか。

M：僕は夏休み、本屋で働きました。毎週、火曜日は午後4時から8時まで、水曜日は午前9時から午後2時まで働きました。土曜日と日曜日はお客さんが多いですから、午前10時から午後5時まで働きました。先週、水曜日もう一人のアルバイトの人が休みましたから、午後5時まで働きました。朝から夕方まで大変でしたが、楽しかったです。

男學生正在說話。男學生在上週三工作了幾小時呢？

M：我暑假時在書店工作。每星期二從下午4點工作到晚上8點，每週三則是從早上9點工作到下午2點。因為週六及週日客人很多，所以是從早上10點工作到下午5點。上週三，因為另一個打工的同事休假，所以我就工作到下午5點。從早工作到傍晚雖然辛苦，但是很快樂。

男の学生は先週の水曜日、何時間働きましたか。

1. 4時間
2. 5時間
3. 7時間
4. 8時間

男學生在上週三工作了幾小時呢？

1. 4小時
2. 5小時
3. 7小時
4. 8小時

正解：4

重點解說

雖然每週三是從早上 9 點工作到下午 2 點，但上週卻工作到下午 5 點，所以答案是 4。以「先週の水曜日」等，這類指定時間的問題大多會演變成與平時不同的狀況，要特別注意。

6 番 MP3 03-02-15

男の人と女の人が話しています。あしたの午後の天気はどうなりますか。

M：きょうはいい天気ですね。

F：ええ。でも、あしたは暖かい服を 1 枚持っていってくださいね。

M：あしたは寒くなるんですか。雪が降りますか。

F：この近くはあまり降りませんね。でも、傘を持っていったほうがいいですよ。あしたの朝は晴れますが、お昼からお天気が悪くなって、夜は雨が降ると思いますから。

M：そうですか。わかりました。

あしたの午後の天気はどうなりますか。

男性與女性正在談話。明天下午的天氣會變成怎樣呢？

M：今天天氣真好呢！

F：是啊！不過，明天要帶一件可以保暖的衣服喔！

M：明天會變冷嗎？會下雪嗎？

F：這附近不大會下。不過，建議帶傘去比較好喔！明天早上雖然是晴天，不過我想中午開始天氣會變壞，晚上就會下雨。

M：這樣啊，我知道了。

明天下午的天氣會變成怎樣呢？

正解：3

問題 3

1番 MP3 03-02-17

友だちの写真を撮ります。何と言いますか。

F： 1. 撮りますよ。いいですか。
2. 写真を撮りませんか。
3. いっしょに撮りましょう。

要拍朋友的照片。這時要說什麼？

F： 1. 我要拍囉！準備好了嗎？
2. 要不要拍張照呢？
3. 我們一起拍照吧！

正解：1

重點解說

為朋友拍照的人要說哪一句話呢？準備拍照時，也可以說「いいですか。はい、チーズ」等。「撮りますよ」或「いいですか」是用於確認對方是否準備好了的說法。

2番 MP3 03-02-18

名前を書きたいですが、ペンがありません。何と言いますか。

M： 1. すみません、ペンで書いてもいいですか。
2. すみません、ペンを借りてもいいですか。
3. すみません、ペンで書いてください。

想寫自己名字時卻沒有筆。這時要說什麼？

M： 1. 抱歉，我可以用筆寫嗎？
2. 抱歉，我可以向您借 1 枝筆嗎？
3. 抱歉，請用筆寫。

正解：2

重點解說

選項 2 是尋求對方許可的說法，其他尚有「すみません、ペンがありますか」、「ペンを貸してください」等。

3番 MP3 03-02-19

先に帰ります。友達に何と言いますか。	想要先回去。這時要對朋友說什麼？
F：1. お帰りなさい。	F：1. 您回來啦！
2. ちょっと待って。	2. 請等一下。
3. また、あした。	3. 明天見。
	正解：3

重點解說

要先回去時，可以對朋友使用「お先に」，而對上位者使用「お先に失礼します」。

4番 MP3 03-02-20

コピーを頼みます。何と言いますか。	要拜託對方影印。這時要說什麼？
F：1. これ、今、コピーしますね。	F：1. 這個，我現在影印喔！
2. これ、コピーしましょうか。	2. 這個，我來影印吧？
3. これ、コピーお願いします。	3. 這個，麻煩您影印。
	正解：3

重點解說

拜託對方的說法，除了選項 3 以外，還有「コピーしてください」這種說法。

5番 MP3 03-02-21

教室に傘があります。友達の傘だと思います。友達に何と言いますか。	教室裡有雨傘。自己認為那是朋友的雨傘。這時要對朋友說什麼？
F：1. 雨が降っていますよ。	F：1. 正在下雨喔！
2. これは山本さんの傘ですか。	2. 這是山本同學的雨傘嗎？
3. すみません。傘を忘れました。	3. 抱歉。我忘了我的傘。
	正解：2

重點解說

選項 2 為確認是否為朋友的雨傘時的說法。

問題 4

1 番 MP3 03-02-23

F：荷物を持ちましょうか。
M：1. いいえ、けっこうです。
2. はい、持ちましょう。
3. はい、私の荷物です。

F：我來為您拿行李吧？
M：1. 不，不用了。
2. 好的，我們拿吧！
3. 對，是我的行李。

正解：1

重點解說

選項 1 是拒絕對方提議幫忙時的表現方式。接受對方提議幫忙時則使用「どうも」或「ありがとう（ございます）」、「すみません」。

2 番 MP3 03-02-24

F：どこへお花見に行ったんですか。
M：1. 友達と行きました。
2. 近くの公園に行きました。
3. ええ、行きました。きれいでしたよ。

F：你去哪裡賞花呀？
M：1. 我跟朋友去的。
2. 去附近的公園。
3. 對，我去了。很漂亮喔！

正解：2

3 番 MP3 03-02-25

F：ごめんください。
M：1. いいえ、どういたしまして。
2. ええ、どうぞ。あげますよ。
3. はい、どなたですか。

F：有人在家嗎？
M：1. 不會，不客氣。
2. 好的，給您喔。請。
3. 是的，請問哪位？

正解：3

4番 MP3 03-02-26

M：すみません、ここでタバコを吸(す)わないでください。

F：1. あ、すみません。知(し)りませんでした。

2. あちらで吸(す)ってください。

3. そうです。ここでタバコを吸(す)ってはいけません。

M：不好意思，請不要在這裡抽菸。

F：1. 啊，抱歉。我不知道這裡不能抽菸。

2. 請在那裡抽。

3. 是的。這裡不能抽菸。

正解：1

5番 MP3 03-02-27

F：あなたの国(くに)はどんなところですか。

M：1. 台湾(たいわん)です。

2. きれいな所(ところ)です。

3. 台北(たいぺい)です。

F：你的國家是個怎麼樣的地方呢？

M：1. 是台灣。

2. 是個漂亮的地方。

3. 是台北。

正解：2

重點解說

「どんなところ」是對方希望我們以漂亮或是方便等來形容。

6番 MP3 03-02-28

M：きのうの試験(しけん)はどうでしたか。

F：1. 午後(ごご)からでした。

2. やさしかったです。

3. 新(あたら)しかったです。

M：昨天的考試覺得怎樣啊？

F：1. 是下午開始的。

2. 算簡單。

3. 是新的。

正解：2

模擬試題 3 回目　スクリプト詳解

問題 1	1	2	3	4	5	6	7
	3	1	3	4	1	4	1
問題 2	1	2	3	4	5	6	
	4	1	2	3	2	3	
問題 3	1	2	3	4	5		
	1	1	2	1	2		
問題 4	1	2	3	4	5	6	
	1	3	3	3	2	1	

（M：男性　F：女性）

問題 1

1 番　MP3 03-03-02

男の人と女の人が話しています。女の人は会議室に何を持っていきますか。

M：山田さんと木下さんはお茶で、北野さんにはコーヒーをお願いします。

F：会議室にお茶 2 つと、コーヒー 1 つですね。吉村さんは？コーヒーですか。

M：いや、コーヒーよりお茶がいいな。

F：わかりました。

男性與女性正在談話。女性要帶什麼東西去會議室呢？

M：麻煩妳端茶去給山田先生與木下先生，端咖啡去給北野先生。

F：所以是端 2 杯茶及 1 杯咖啡去會議室囉！吉村先生呢？端咖啡給他嗎？

M：不是喔，給他咖啡不如給他茶吧！

F：沒問題。

女の人は会議室に何を持っていきますか。

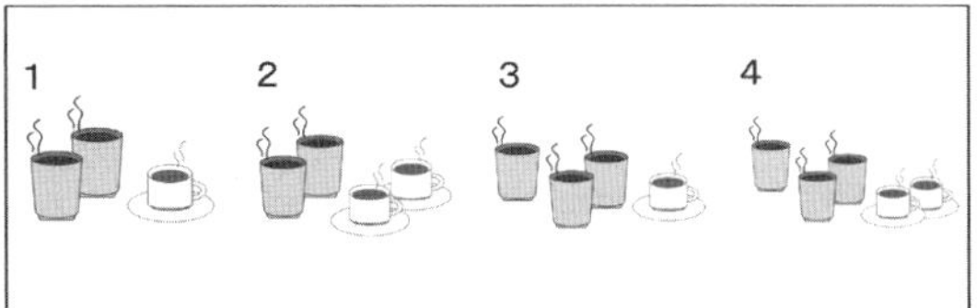

女性要帶什麼東西去會議室呢？

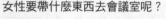

正解：3

重點解說

「いや」就是「いいえ」的意思，男性常這樣使用。因為針對「コーヒーですか」的質問是以「いや」回答，可知不是端咖啡去。

在「コーヒーよりお茶がいい」這句話中「お茶（のほう）がいい」就是重點所在。「コーヒーより」只是在說明比較的對象而已，並不重要。

2番 MP3 03-03-03

女の人と男の人が話しています。男の人はこれから何をしますか。

F：西田さんと佐藤さんから電話があったよ。

M：そう。何て言ってた？

F：西田さんは電話してくださいって言ってたよ。佐藤さんは夜、また電話しますって言ってた。

M：そう。おなかすいたから、先に晩ごはん食べたいなあ。

F：先に電話したほうがいいよ。

M：そうだね。

男の人はこれから何をしますか。

1. 西田さんに電話をかけます
2. 佐藤さんに電話をかけます
3. 西田さんと佐藤さんに電話をかけます
4. 晩ごはんを食べます

女性與男性正在談話。男性在談話後要做什麼呢？

F：西田先生與佐藤先生有打電話給你喔！

M：是喔，說了些什麼？

F：西田先生說請你打回去。佐藤先生則說晚上會再打過來。

M：這樣啊，我肚子餓了，好想先吃晚飯啊！

F：你還是先打電話比較好吧！

M：也是。

男性在談話後要做什麼呢？

1. 打電話給西田先生
2. 打電話給佐藤先生
3. 打電話給西田與佐藤先生
4. 吃晚飯

正解：1

重點解說

因為西田先生說了「電話してください」，所以是男性要打電話給西田先生。佐藤先生則因為是說「また電話します」，所以是佐藤先生將會再打給男性的意思。

文法與表現

- 先に電話したほうがいいよ。……そうだね。

  V（タ形）ほうがいい：向對方提議、建議的說法

  そうだね：接受對方的提議或建議時的說法

3番 MP3 03-03-04

病院で、医者と女の人が話しています。女の人は一日何回薬を飲みますか。

M：山田さん、この丸い薬は、朝、昼、晩、ご飯を食べたあとで飲んでください。1回2つ飲んでください。

F：この白い薬ですね。

M：はい。それから、この青い薬は夜だけ飲んでください。朝と昼は飲まなくてもいいですよ。1回1つ、白い薬といっしょに飲んでください。

F：はい、わかりました。

女の人は一日何回薬を飲みますか。

1. 1回
2. 2回
3. 3回
4. 4回

在醫院，醫生與女性正在談話。女性1天要吃幾次藥呢？

M：山田小姐，這顆圓形的藥丸，請在早、午、晚的飯後吃。1次請吃2顆。

F：是這顆白色藥丸對吧？

M：是的。然後，這顆藍色藥丸只要在晚上吃。早上及中午不吃也沒問題。1次1顆，請跟白色藥丸一起服用。

F：好的，我知道了。

女性1天要吃幾次藥呢？

1. 1次
2. 2次
3. 3次
4. 4次

正解：3

重點解說

從「朝、昼、晩、ご飯を食べたあとで飲んでください」可知一天要吃三次藥，後面雖提到要吃藍色藥丸，但從「この青い薬は夜だけ飲んでください」和「白い薬といっしょに飲んでください」這兩句指示可知藍色藥丸只要在晚上吃，並與白色藥丸一起服用，所以一天一樣是要吃3次藥。

4番 MP3 03-03-05

図書館の人と男の人が話しています。男の人は何を書きますか。

M：あのう、図書館のカードを作りたいんですが。

F：はい、では、これに書いてください。名前と住所と。

M：住所は今、住んでいるところですね。私はこの町の大学で勉強していますが、この町に住んでいません。

F：では、大学の住所を書いてください。あなたの電話番号も忘れないでください。

M：はい、わかりました。

男の人は何を書きますか。

1. 名前とうちの住所
2. 名前と電話番号とうちの住所
3. 名前と大学の住所
4. 名前と電話番号と大学の住所

在圖書館裡男性與女性正在說話。男性要寫什麼呢？

M：那個，我想辦張圖書館的卡片。

F：好的，那麼，請將自己的姓名與地址寫在這裡。

M：地址是寫現在的居住處對吧！我雖然是在這座城市讀大學，但不是住在這座城市。

F：那這樣，請寫大學的地址。您的電話號碼也請別忘了。

M：好的，沒問題。

男性要寫什麼呢？

1. 姓名與家裡的地址
2. 姓名與電話號碼與家裡的地址
3. 姓名與大學的地址
4. 姓名與電話號碼與大學的地址

正解：4

重點解說

從「では、大学の住所を書いてください」這句話可知要寫的不是家裡的地址，而是大學的地址。

5番 MP3 03-03-06

教室で、先生が話しています。女の学生ははじめに何をしますか。

M： 初めまして。私は村上です。皆さん、部屋の番号はわかりますか。

F： はい。

M： もし、部屋の番号がわからなかったら、受付で聞いてください。カギも受付でもらってください。晩ごはんは 6 時からです。学校の食堂に来てください。いっしょに食べましょう。それから、ごはんの前に、大学を案内しますから、5 時にこの教室に来てください。

教室裡，老師正在說話。女學生首先要做什麼呢？

M： 初次見面。我是村上。各位都知道房間的號碼了嗎？

F： 知道。

M： 要是不知道房間號碼的話，請在櫃檯問清楚。房間鑰匙也請在櫃檯領取。晚餐是 6 點開始。請到學校的食堂，我們一起吃吧！還有，吃飯前，我要介紹這所大學，所以請在 5 點時來這間教室。

女の学生ははじめに何をしますか。

女學生首先要做什麼呢？

正解：1

重點解說

女性對於「部屋の番号はわかりますか」這樣的提問回答了「はい」，所以無需確認房間的號碼。

6番 MP3 03-03-07

会社で男の人と女の人が話しています。男の人はこれからどこへ行きますか。

M：12時ですね。会社の食堂へお昼ご飯を食べに行きませんか。

F：いい天気ですから、外へ行きませんか。公園の近くのレストランはどうですか。

M：そうですね。そこへ行きましょう。あっ、お金がない。先にレストランへ行ってください。

F：わかりました。じゃ、コンビニに行ってから、すぐレストランへ来てくださいね。

男の人はこれからどこへ行きますか。

1. 会社の食堂
2. 公園
3. レストラン
4. コンビニ

在公司裡男性與女性正在談話。男性在談話後要去哪裡呢？

M：12點了。我們去公司的食堂吃午飯吧！

F：因為今天天氣不錯，我們去外面吧？公園附近的餐廳怎麼樣啊？

M：好啊，就去那裡吧！啊，我沒錢了，妳先去餐廳。

F：好，那，你去了便利商店後要立刻過來餐廳喔！

男性在談話後要去哪裡呢？

1. 公司的食堂
2. 公園
3. 餐廳
4. 便利商店

正解：4

重點解說

男性說的「先にレストランへ行ってください」中，「V（テ形）ください」是用來要求女性做事的句型。所以，女性說的「じゃ、コンビニに行ってから、すぐレストランへ来てくださいね」就是要求男性要做的事。因此男性首先要去便利商店。

7番 MP3 03-03-08

駅で男の人と女の人が話しています。女の人はどの電車に乗りますか。

F：すみません。東山駅へ行く電車は3番ホームですか。

M：いいえ、その4番ホームの電車ですよ。あっ、でも、時間がかかりますね。次の急行のほうが早いですよ。

F：そうですか。急行も4番ホームに来ますか。

M：いいえ、1番ホームです。今、あそこに赤い電車が止まっていますよね。あそこが2番ホームです。ああ、今、もう一台赤い電車が来ましたね。あそこですよ。

F：ああ、わかりました。ありがとうございました。

女の人はどの電車に乗りますか。

1. 1番ホームの電車
2. 2番ホームの電車
3. 3番ホームの電車
4. 4番ホームの電車

車站裡男性與女性正在談話。女性要搭哪台電車呢？

F：不好音思。去東山車站的電車是在3號月台嗎？

M：不是，是那台4號月台的電車喔！啊，不過，搭那班車很花時間。下一班急行電車比較快到喔！

F：這樣啊，急行電車也在4號月台靠站嗎？

M：不，是在1號月台。現在那裡停了紅色的電車對吧？那是2號月台。啊！現在有另一台紅色電車來了。就是那裡喔！

F：啊，我知道了。謝謝你。

女性要搭哪台電車呢？

1. 1號月台的電車
2. 2號月台的電車
3. 3號月台的電車
4. 4號月台的電車

正解：1

重點解說

「今、あそこに赤い電車が止まっていますよね。あそこが2番ホームです。」這是為了告訴對方1號月台的位置所做的說明，所以答案不是2號月台。

問題 2

1 番 MP3 03-03-10

女の人と男の人が話しています。男の人はいつ本を返しますか。

M：もしもし山田さん、あの本読みました。とてもおもしろかったです。あした返しに行ってもいいですか。

F：あしたは 1 日ですね。毎月 1 日は忙しいんです。すみません。

M：いいえ、じゃ、あさってはどうですか。

F：水曜日も授業がありますから。その次の日の午後 4 時ごろでもいいですか。

M：ええ、いいですよ。じゃ、あさって。

男の人はいつ本を返しますか。

1. 1 日の水曜日
2. 2 日の水曜日
3. 2 日の木曜日
4. 3 日の木曜日

女性與男性正在談話。男性什麼時候要還書呢？

M：喂喂，山田小姐，那本書我看完了。相當有趣呢！我明天去還妳書好嗎？

F：明天是 1 號吧！我每個月的 1 號都很忙。抱歉。

M：不會。那麼，後天如何呢？

F：星期三我也有課喔。隔天的下午 4 點左右可以嗎？

M：好的，沒問題喔。那，我們後天見。

男性什麼時候要還書呢？

1. 1號的星期三
2. 2號的星期三
3. 2號的星期四
4. 3號的星期四

正解：4

重點解說

因為明天是 1 號，所以可以知道本題中星期與日期的關係。

2番 MP3 03-03-11

男の人と女の人が話しています。男の人はどうしてアルバイトがしたいですか。

M：あーあ、土曜日や日曜日は好きなことがしたいけど、父や母が勉強しないのかってうるさいんだ。ねえ、いいアルバイトない？

F：ご両親がうるさいから？

M：そうじゃないよ。

F：買いたいものがあるの？

M：ううん。先月、北海道の友達ができたんだ。

F：へえ。その友達に会いに行くの？

M：うん。中村さんは、買いたいものがあるから、アルバイトしてるの？

F：うん。服とか、雑誌とかアルバイトのお金で買ってるよ。それに、土曜日と日曜日暇だから。

M：へえ。

男の人はどうしてアルバイトがしたいですか。

1. 友達に会いたいから
2. 服が欲しいから
3. 暇だから
4. 両親がうるさいから

男性與女性正在談話。男性為什麼想打工呢？

M：啊——啊——，週六和週日雖然想做自己喜歡的事，但我爸媽總是嘮叨著有沒有學習啊真煩。我問妳喔，有沒有不錯的打工呢？

F：因為你爸媽很煩，所以才？

M：不是這樣啦！

F：是因為有想買的東西？

M：不是。上個月，我認識了一個北海道的朋友。

F：哦，想去跟那個朋友見面嗎？

M：對。中村小姐，妳會因為有想買的東西而去打工嗎？

F：會啊！像是衣服啦、雜誌啦，我都是用打工的錢買的喔！還有就是，因為週六和週日很閒。

M：這樣啊！

男性為什麼想打工呢？

1. 因為想見朋友
2. 因為想要衣服
3. 因為有空閒
4. 因為爸媽很囉唆

正解：1

重點解說

針對「その友達（＝北海道の友達）に会いに行くの？」的提問，由於是以「うん」回答，所以這就是答案。而「そうじゃない」或「ううん」都與「いいえ」同一個意思。這在本書Part2 題型解析中問題 2 的 5 番也出現過。

3番 MP3 03-03-12

男の人が話しています。男の人はどこで桜を見ましたか。

M： きのう昼休みに会社の人と桜を見ました。会社の近くに桜がたくさんあります。公園や川のそば、学校の桜もきれいです。山の桜は有名ですが、会社からバスで30分かかります。昼休みはあまり時間がありません。公園や学校の桜もきれいですが、そこより川のほうが会社から近いです。ですから、1番近いところで見ました。

男性正在說話。男性是在什麼地方賞櫻的？

M： 昨天午休時，我與公司的人去賞櫻。公司附近有很多櫻花。像是公園啦，河川的旁邊啦，或學校等地的櫻花都很漂亮。山裡的櫻花雖然有名，但從公司搭巴士去要花30分鐘。午休這段時間會不大夠。公園或學校的櫻花雖然漂亮，但比起那裡河邊離公司比較近。所以囉，我就在最近的地方賞櫻了。

男の人はどこで桜を見ましたか。

1. 公園
2. 川のそば
3. 学校
4. 山

男性是在什麼地方賞櫻的？

1. 公園
2. 河川的旁邊
3. 學校
4. 山裡

正解：2

重點解說

「そこ（＝公園や学校）より川のほうが会社から近いです」這段敘述的重點是「川のほうが会社から近いです」這部分。「そこ（＝公園や学校）より」表示比較的對象，並非這段敘述的重點。

4番 MP3 03-03-13

男の人と女の人が話しています。女の人はどうして映画に行きませんか。

M：木村さん、映画のチケットがあるんだけど、あした行かない？

F：あしたはアルバイトなんだ。

M：じゃ、あさっては？

F：時間はあるけど、何の映画？怖い映画だったら、行かないわよ。

M：この映画なんだけど。

F：それは怖い映画でしょう。ごめんね、ほかの友達と行って。

女の人はどうして映画に行きませんか。

1. チケットがないから
2. アルバイトがあるから
3. 好きな映画ではないから
4. ほかの友達と行くから

男性與女性正在談話。女性為什麼不去看電影呢？

M：木村小姐，我有電影票喔，明天要不要一起去呢？

F：我明天要打工。

M：那麼，後天如何？

F：後天是有時間啦，是什麼電影呢？要是恐怖片的話我可不去喔。

M：是這部電影。

F：那不就是恐怖片嗎？抱歉，請你找其他朋友去吧！

女性為什麼不去看電影呢？

1. 因為沒有票
2. 因為要打工
3. 因為不是喜歡的電影
4. 因為要跟其他朋友去

正解：3

重點解說

從「怖い映画だったら、行かないわよ」可知女性討厭恐怖電影。而從「それは怖い映画でしょう」可知此次邀約要看的是恐怖片。

5番 MP3 03-03-14

会社で女の人と男の人が話しています。女の人は今から何番に電話しますか。

F：松本さん、コピーなんですが、電話番号は3920－8172ですよね。電話しましたが、誰も出ないんです。

M：コピーの紙は、2837－8172ですよ。

F：紙じゃありません。今、コピーができないんです。

M：ああ、じゃ、3920のほうですね。72じゃなくて、73にかけてください。

F：8173ですね。わかりました。

女の人は今から何番に電話しますか。

1. 3920－8172
2. 3920－8173
3. 2837－8172
4. 2837－8173

在公司裡女性與男性正在談話。女性在談話後要撥哪個電話號碼呢？

F：松本先生，關於影印，電話號碼是要撥3920－8172沒錯吧？可是打過去後都沒人接。

M：影印用紙的問題是要撥2837－8172喔！

F：不是紙的問題。現在沒辦法影印。

M：喔喔！那麼，要撥3920那組喔！還有不是72，請撥73。

F：撥8173對吧？我知道了。

女性在談話後要撥哪個電話號碼呢？

1. 3920－8172
2. 3920－8173
3. 2837－8172
4. 2837－8173

正解：2

6番 MP3 03-03-15

男の人と女の人が話しています。男の人はきょう何で来ましたか。

F：おはようございます。チンさん、いつも車ですか。

M：車は運転できますが、道がよくわかりませんから、いつもは緑駅まで電車です。そして、駅から歩いて会社に来ます。でも、鈴木さんがきのう緑駅から５７番のバスが便利だと言いましたから、きょうはそれに乗りました。便利ですね。

F：それはよかったです。私は家の前から５７番のバスに乗って、会社の前で降ります。

M：へえ、便利ですね。

男性與女性正在談話。男性今天是怎麼來的呢？

F：早安。陳先生，你都是開車來的嗎？

M：我雖然會開車，但因為不知道路怎麼走，所以都是搭電車到綠站。然後再從車站走到公司。不過，因為鈴木小姐昨天告訴我說從綠站搭 57 號公車會很方便，所以今天就搭那個來。真的很方便。

F：那真是太好了。我是在我家前面搭 57 號公車，然後在公司前下車。

M：是喔，那真是太方便了。

男の人はきょう何で来ましたか。

1

2
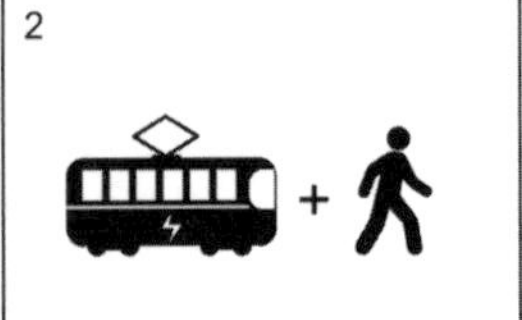

3
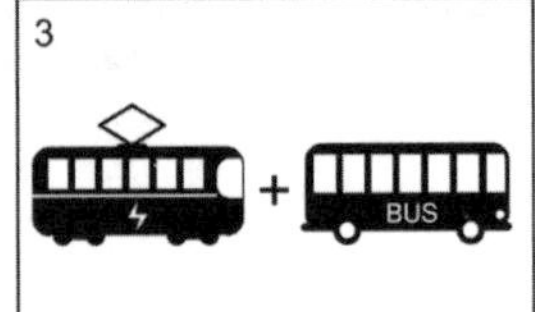

4

男性今天是怎麼來的呢？

3
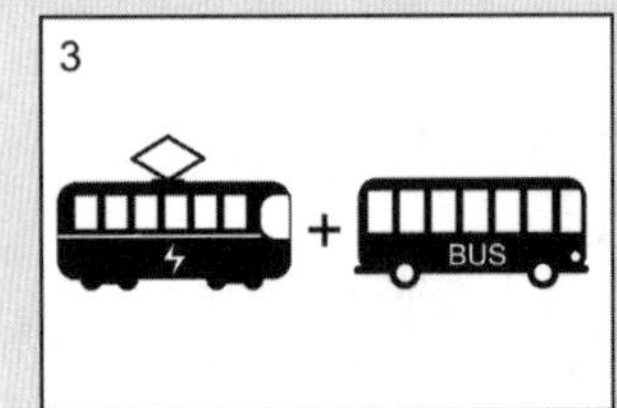

正解：3

重點解說

本題問的是男性今天怎麼來的。從「鈴木さんがきのう緑駅から５７番のバスが便利だと言いましたから、きょうはそれに乗りました」得知男性是從綠站搭巴士來的。因為沒明說是怎麼到綠站的，於是代表他和平常一樣搭電車來的。請注意，女性是搭什麼來的與本題的答案無關。

問題 3

1番 MP3 03-03-17

先生の部屋へ入ります。何と言いますか。

M： 1. 失礼します。

2. どうぞ入ってください。

3. いろいろお世話になりました。

要進老師的房間。該說什麼呢？

M： 1. 打擾了。

2. 請進。

3. 受您照顧了。

正解：1

重點解說

要進老師的房間時，要使用選項 1 的說法。附帶一提，「失礼です」是用來責備對方做了失禮的事，請務必留意。

2番 MP3 03-03-18

ビールをもう一杯飲みたいです。お店の人に何と言いますか。

M： 1. ビールもう一杯、ください。

2. ビールはどうですか。

3. このビールはおいしいですよ。

想再喝一杯啤酒。該對店裡的人說什麼呢？

M： 1. 請再給我一杯啤酒。

2. 啤酒好嗎？

3. 這杯啤酒好喝喔！

正解：1

重點解說

選項 3 的「おいしいですよ」的「よ」是告訴那些不知道此情報的人時使用的。

3番 MP3 03-03-19

たくさん歩きましたから、疲れました。友達に何と言いますか。

F：1. 少し休んでください。
　　2. ちょっと休みませんか。
　　3. お疲れさまでした。

因為走了很久，所以覺得累了。要對同行的朋友說什麼呢？

F：1. 請稍微休息一下。
　　2. 要不要稍微休息一下呢？
　　3. 您辛苦了。

正解：2

重點解說

選項 2 的「休みませんか」不是否定的語意，而是邀約他人與自己一起做某事的意思。

4番 MP3 03-03-20

夜、遅いですが、子供はまだ勉強しています。何と言いますか。

F：1. もう、1 時よ。早く寝てね。
　　2. あと 1 時間、がんばります。
　　3. ごめんね。先に帰るね。

夜深了，但孩子還在學習。該說什麼呢？

F：1. 已經 1 點囉！早點睡喔！
　　2. 還有1小時，我再努力一下。
　　3. 抱歉，我先回去囉！

正解：1

重點解說

選項 1 的「もう、1 時よ」的「もう」含有強調「已經這麼晚了」的說話情緒。此外，也可以用來表達「もう 12時ですね。お昼ご飯を食べませんか」（已經 12 點了呢！要吃午餐嗎？）這種驚覺「時間過得比想像中還快」的說話情緒。

5番 MP3 03-03-21

おなかがすきました。何と言いますか。

M：1. いただきます。
　　2. 何かない？
　　3. 何が食べたい？

肚子餓了。該說什麼呢？

M：1. 我要開動了。
　　2. 有什麼可以吃的嗎？
　　3. 想吃什麼呢？

正解：2

問題 4

1 番 MP3 03-03-23

F：大学はどうですか。
M：1. 忙しいです。
　　2. 東京です。
　　3. 2 年生です。

F：大學生活怎麼樣啊？
M：1. 很忙。
　　2. 在東京。
　　3. 我是大二生。

正解：1

重點解說

對於「どうですか」的提問，要用「楽しい」、「忙しい」、「勉強が難しい」等與大學生活相關的感想回答。

2 番 MP3 03-03-24

M：ご両親はお元気ですか。
F：1. どうぞお大事に。
　　2. 元気でよかったですね。
　　3. はい、おかげさまで。

M：妳爸媽身體好嗎？
F：1. 請多多保重。
　　2. 他們身體好真是太棒了。
　　3. 是的，托您的福。

正解：3

重點解說

選項 1 的「お大事に」是對生病或受傷之人所說的話。

3 番 MP3 03-03-25

F：すみません、ちょっとこの荷物を持ってください。
M：1. はい、持ってもいいですよ。
　　2. はい、そうしましょう。
　　3. いいですよ。

F：抱歉，請幫我拿一下行李。
M：1. 可以喔，妳可以拿。
　　2. 好的，就這麼辦吧！
　　3. 好喔！

正解：3

重點解說

除選項 1 外，也能用「わかりました」回答。拒絕別人的請託則可用「すみません」並可以補上「今、忙しいんです」（我現在很忙）「後でもいいですか」（可以等等再拿嗎？）等。

4番 MP3 03-03-26

M：紅茶を入れましょうか。
F：1. ええ、入れました。
　　2. 飲んだほうがいいですよ。
　　3. 私が入れましょう。

M：我來泡紅茶吧？
F：1. 有，我泡了。
　　2. 喝一下比較好喔！
　　3. 我來泡吧！

正解：3

重點解說

「紅茶を入れましょうか」是向對方提議幫忙的說法。若是對方為我們泡紅茶，可以使用「ありがとうございます」、「お願いします」、「いいですか？すみません」等表示感謝。

5番 MP3 03-03-27

F：今晩、日本料理はどう？
M：1. 駅の近くだよ。
　　2. いいね。いい店、知ってる？
　　3. もうすぐできるから、ちょっと待ってね。

F：今天晚上吃日本料理如何？
M：1. 在車站附近喔！
　　2. 好啊！妳知道有什麼不錯的店嗎？
　　3. 我馬上就做好了，請等一下喔！

正解：2

重點解說

「Nはどう？」較禮貌的說法是「Nはどうですか」使用於詢問對方意見時。

6番 MP3 03-03-28

M：早く学校に行かないと。
F：1. 本当だ。もう、8時だ。
　　2. 行かなくてもいいの？
　　3. まだ、早いね。

M：必須快點去學校了。
F：1. 真的，已經8點了。
　　2. 可以不去嗎？
　　3. 還很早啊！

正解：1

重點解說

「V（ナイ形）と」的完整版說法是「V（ナイ形）といけません」。與其相同意思的說法還有「V（ナイ形）な~~い~~ければいけません」「V（ナイ形）な~~い~~ければなりません」「V（ナイ形）な~~い~~くてはいけません」「V（ナイ形）な~~い~~くてはなりません」等。

にほんごのうりょくしけん　かいとうようし

N5
ちょうかい

じゅけんばんごう Examinee Registration Number	

なまえ Name	

〈ちゅうい Notes〉
1. くろい えんぴつ (HB、No.2) で かいて ください。
(ペンや ボールペンでは かかないで ください。)
Use a black medium soft (HB or No.2) pencil.
(Do not use any kind of pen.)
2. かきなおす ときは、けしゴムで きれいに けして ください。
Erase any unintended marks completely.
3. きたなく したり、おったり しないで ください。
Do not soil or bend this sheet.
4. マークれい Marking examples

よい れい Correct Example	わるい れい Incorrect Examples
●	⊘ ◯ ⊖ ⓪ ⊜ ◐ ●

もんだい 1				
れい	①	②	●	④
1	①	②	③	④
2	①	②	③	④
3	①	②	③	④
4	①	②	③	④
5	①	②	③	④
6	①	②	③	④
7	①	②	③	④

もんだい 2				
れい	①	②	●	④
1	①	②	③	④
2	①	②	③	④
3	①	②	③	④
4	①	②	③	④
5	①	②	③	④
6	①	②	③	④

もんだい 3			
れい	①	●	③
1	①	②	③
2	①	②	③
3	①	②	③
4	①	②	③
5	①	②	③

もんだい 4			
れい	①	②	●
1	①	②	③
2	①	②	③
3	①	②	③
4	①	②	③
5	①	②	③
6	①	②	③

解答用紙

にほんごのうりょくしけん　かいとうようし

N5
ちょうかい

じゅけんばんごう Examinee Registration Number	

なまえ Name	

〈ちゅうい Notes〉
1. くろい えんぴつ（HB、No2）で かいて ください。（ペンや ボールペンでは かかないで ください。）
Use a black medium soft (HB or No.2) pencil.
(Do not use any kind of pen.)
2. かきなおす ときは、けしゴムで きれいに けして ください。
Erase any unintended marks completely.
3. きたなく したり、おったり しないで ください。
Do not soil or bend this sheet.
4. マークれい Marking examples

よい れい Correct Example	わるい れい Incorrect Examples
●	⊗ ◯ ◯ ⓪ ⊖ ◐ ●

もんだい 1				
れい	①	②	●	④
1	①	②	③	④
2	①	②	③	④
3	①	②	③	④
4	①	②	③	④
5	①	②	③	④
6	①	②	③	④
7	①	②	③	④

もんだい 2				
れい	①	②	●	④
1	①	②	③	④
2	①	②	③	④
3	①	②	③	④
4	①	②	③	④
5	①	②	③	④
6	①	②	③	④

もんだい 3			
れい	①	●	③
1	①	②	③
2	①	②	③
3	①	②	③
4	①	②	③
5	①	②	③

もんだい 4			
れい	①	②	●
1	①	②	③
2	①	②	③
3	①	②	③
4	①	②	③
5	①	②	③
6	①	②	③

にほんごのうりょくしけん　かいとうようし

N5
ちょうかい

じゅけんばんごう Examinee Registration Number	

なまえ Name	

〈ちゅうい Notes〉
1. くろい えんぴつ（HB、No.2）で かいて ください。（ペンや ボールペンでは かかないで ください。）
   Use a black medium soft (HB or No.2) pencil.
   (Do not use any kind of pen.)
2. かきなおす ときは、けしゴムで きれいに けして ください。
   Erase any unintended marks completely.
3. きたなく したり、おったり しないで ください。
   Do not soil or bend this sheet.
4. マークれい Marking examples

よい れい Correct Example	わるい れい Incorrect Examples
●	⊘ ○ ◎ ⓪ ⊖ ◐ ◍

もんだい 1				
れい	①	②	●	④
1	①	②	③	④
2	①	②	③	④
3	①	②	③	④
4	①	②	③	④
5	①	②	③	④
6	①	②	③	④
7	①	②	③	④

もんだい 2				
れい	①	②	●	④
1	①	②	③	④
2	①	②	③	④
3	①	②	③	④
4	①	②	③	④
5	①	②	③	④
6	①	②	③	④

もんだい 3			
れい	①	●	③
1	①	②	③
2	①	②	③
3	①	②	③
4	①	②	③
5	①	②	③

もんだい 4			
れい	①	②	●
1	①	②	③
2	①	②	③
3	①	②	③
4	①	②	③
5	①	②	③
6	①	②	③

模擬試卷　詳解

聴解(ちょうかい)スクリプト

模擬試卷　スクリプト詳解

	1	2	3	4	5	6	7
問題 1	2	3	2	2	4	3	2
問題 2	3	3	4	1	4	4	
問題 3	3	1	1	2	3		
問題 4	2	1	3	1	2	2	

（M：男性　F：女性）

問題 1

1番 MP3 03-04-02

店の人と女の人が話しています。女の人はこれからどの薬を買いますか。

M：いらっしゃいませ。

F：あのう、指を切ったときに貼る……、名前がわからないんですけど。

M：ああ、こちらですね。指を切ったんですか。

F：いいえ、新しい靴をはいたので。それから、子供のかぜの薬はありますか。

M：はい。この小さいコップで朝昼晩に1杯ずつ飲んでください。

F：あのう、うちの子供はその薬が嫌いなんです。

店裡的人與女性正在談話。女性在談話後要買哪個藥呢？

M：歡迎光臨。

F：那個，我要找割傷手指頭時要貼的東西……我不知道那個叫什麼。

M：啊，是這個吧！您把手指頭割傷了嗎？

F：不是，我是因為穿了新鞋子才這樣。還有，你們有小孩子的感冒藥嗎？

M：有。請用這個小杯子早中晚各喝一杯。

F：那個，我家小孩討厭那種藥。

M：では、こちらのはいかがですか。小さいですから、お子さんでも飲むことができますよ。朝と晩に水で１つずつ飲んでください。

F：わかりました。じゃ、それをください。

女の人はこれからどの薬を買いますか。

1
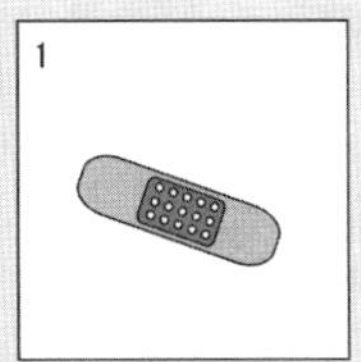
2
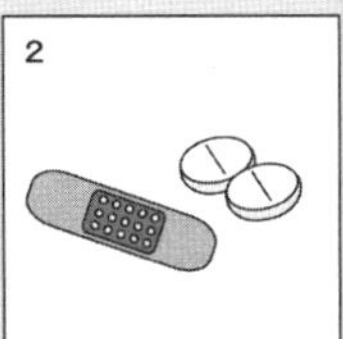
3
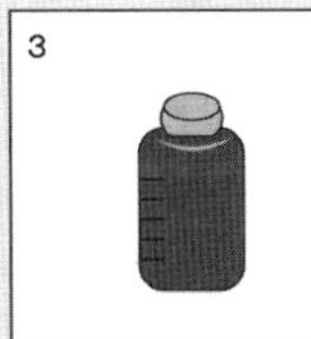
4
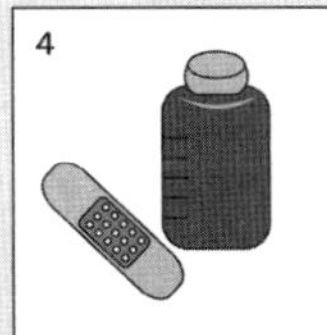

M：那麼，這個藥如何呀？因為很小顆，您家的孩子也吞得下。早晚請搭配水各吃一顆。

F：好的，那麼，請給我那個。

女性在談話後要買哪個藥呢？

2
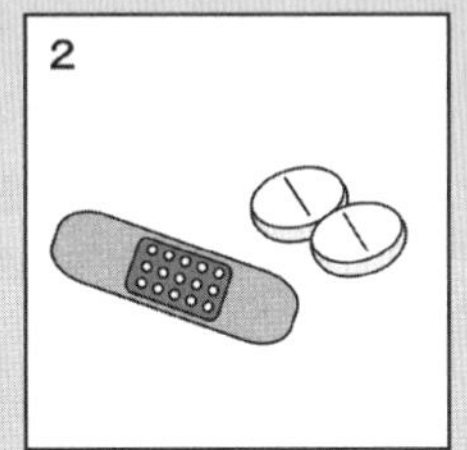

正解：2

重點解說

因為使用了「それから、子供のかぜの薬はありますか」與「それから」，所以可知前面提到的「指を切ったときに貼る（もの）」的東西也要買。另外，從小孩的感冒藥是「１つずつ飲んでください」這句話可知是藥丸或膠囊之類的藥。

2番　MP3 03-04-03

会社で女の人と男の人が話しています。女の人は何を買いますか。

M：山本さん、あしたの勉強会のお茶やお菓子は、もう買いましたか。

F：いいえ、まだです。何を買いましょうか。先月はケーキを買いましたが、みんなあまり食べませんでしたね。

M：そうでしたね。じゃ、あしたはコーヒーとお茶を買ってください。

F：紅茶とコーヒーにしませんか。

M：いいですよ。じゃ、お願いします。

公司裡女性與男性正在談話。女性要買什麼呢？

M：山本小姐，明天學習會上要用的茶點，已經買好了嗎？

F：不，還沒。要買些什麼好呢？上個月買了蛋糕，但大家都沒怎麼吃。

M：的確是。這樣的話，明天請買咖啡跟茶。

F：不如買紅茶跟咖啡如何？

M：可以呀，那麼，麻煩妳囉！

女の人は何を買いますか。

1. お茶とケーキ
2. お茶とコーヒー
3. 紅茶とコーヒー
4. 紅茶とコーヒーとケーキ

女性要買什麼呢？

1. 茶與蛋糕
2. 茶與咖啡
3. 紅茶與咖啡
4. 紅茶與咖啡與蛋糕

正解：3

重點解說

「紅茶とコーヒーにしませんか」的「V（マス形）ませんか」不是否定的意思，而是表示勸誘的意思。也就是說，女性覺得紅茶與咖啡比較好。而男性的「いいですよ」則表示同意。

3番 MP3 03-04-04

会社で男の人と女の人が話しています。男の人は今から何をしますか。

F：佐藤さん、会議の準備はできましたか。

M：コンピューターは会議室の前の机に置きました。それでいいですか。

F：ええ。クーラーはつけましたか？

M：あっ、まだです。今から、行ってきます。

F：お願いします。それから、これをコピーして、会議室へ持っていってください。水もテーブルの上に置いてください。

M：はい、会議室へ行って、そのあと、すぐします。

公司裡男性與女性正在談話。男性在談話後要做什麼呢？

F：佐藤先生，會議的準備都完成了嗎？

M：我把電腦放在會議室前的桌子上了。那樣就行了嗎？

F：可以。冷氣開了嗎？

M：啊，還沒。我現在就去。

F：麻煩你。然後，請把這個印好後拿去會議室。水也請你放在桌子上。

M：好的，我去趟會議室後立刻處理。

男の人は今から何をしますか。

1. コンピューターを机に置く
2. クーラーをつける
3. コピーする
4. 水を机に置く

男性在談話後要做什麼呢？

1. 把電腦放在桌上
2. 開冷氣
3. 影印
4. 把水放在桌上

正解：2

重點解說

關於冷氣，對於男性所說的「今から、行ってきます」，女性是說「お願いします」這表示接下來馬上去做的意思。

男性所說的「会議室へ行って、そのあと、すぐします」表示去會議室開冷氣後，會立刻影印的意思。

4番 MP3 03-04-05

男の人と女の人が話しています。男の人は何を買いますか。

F：ごめん、ちょっと今忙しいから、買い物お願い。きょうは牛乳と卵が安いのよ。

M：わかったよ。あれ？卵はまだあるよ。

F：でも、あしたの朝、食べるから、欲しいな。果物はどうしようか？さっき隣の人にリンゴをもらったから、今度でいいかな。

M：うん、先にそれを食べてから、買おう。じゃ、行ってくるね。

F：うん、お願い。

男の人は何を買いますか。

1. 牛乳
2. 牛乳と卵
3. 牛乳と卵と果物
4. 牛乳と果物

男性與女性正在談話。男性要買什麼呢？

F：抱歉，我現在有點忙，麻煩你去買點東西。今天的牛奶跟蛋很便宜喔！

M：好喔，咦？蛋還有剩耶！

F：不過，明早也會吃，所以想買呀！水果要買嗎？剛才隔壁的有送我們蘋果，是不是下次再買就好呢？

M：嗯，先把這些吃完後再買吧！那麼，我出門囉！

F：嗯，麻煩囉！

男性要買什麼呢？

1. 牛奶
2. 牛奶與蛋
3. 牛奶與蛋與水果
4. 牛奶與水果

正解：2

重點解說

雖然蛋還有剩，但從「あしたの朝、食べるから、欲しいな」這句話可知結果是要買。水果則是從女性的「今度でいいかな」與男性的「うん」的回答，可知是下次再買。

5番 MP3 03-04-06

デパートで女の人と男の人が話しています。男の人はどれを買いますか。

M：あのう、そのパソコンはいくらですか。

F：この薄いパソコンですか？小さいのは 8 万円、大きいのは 10 万円です。

M：ちょっと高いですね。もう少し安いのはありませんか。

F：これはどうですか？ちょっと重いですが、小さいのは 5 万円、大きいのは 7 万円です。

M：じゃ、安いのにします。うーん、大きいのをください。

男の人はどれを買いますか。

1
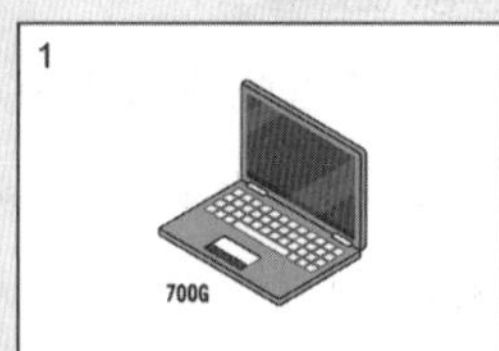

2
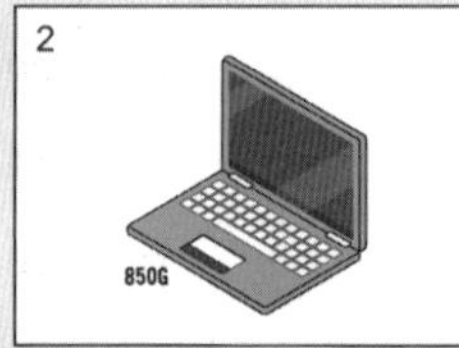

3

4
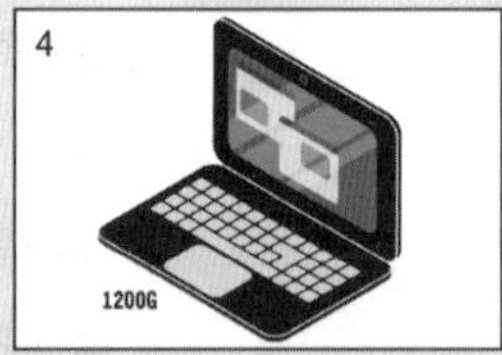

百貨公司裡，女性與男性正在談話。男性要買哪一台呢？

M：請問，那台電腦要多少錢呢？

F：這台輕薄筆記型電腦嗎？小的要 8 萬日圓，大的要 10 萬日圓。

M：有點貴耶，有沒有便宜一點的呢？

F：這台怎麼樣呢？雖然有點重，但小的 5 萬日圓，大的 7 萬日圓。

M：那，我選便宜的。嗯……請給我大的那台。

男性要買哪一台呢？

4
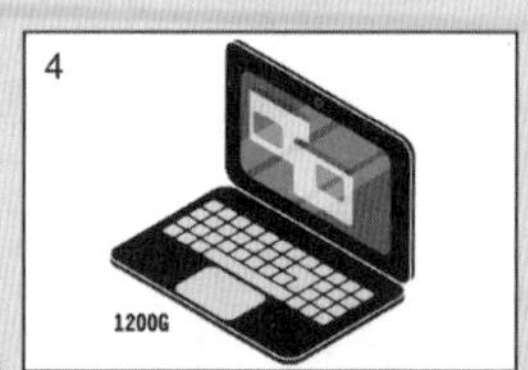

正解：4

重點解說

男性選擇了便宜的電腦。也就是選了有點重的那台電腦。

6番 MP3 03-04-07

女の人と男の人が話しています。2人はどの人にしましたか。

F：いい人がたくさん来ましたね。どの人がいいかな。

M：うーん、難しいね。山中さんは明るくてかわいかったね。

F：そうね。料理が好きな佐藤さんもいい人だったよ。

M：うん。木下さんはコンピューターが上手で、西村さんは英語と中国語ができる。

F：そうね。困ったね。みんないい人だから。でも、今度の店はいろいろな人が大勢来るから、外国語が上手な人のほうが……。

M：うん。じゃ、その人と元気な人はどうかな。

F：ああ、この明るい人ね。そうね。そうしましょう。

2人はどの人にしましたか。

1. 山中さんと佐藤さん
2. 木下さんと西村さん
3. 山中さんと西村さん
4. 木下さんと佐藤さん

女性與男性正在談話。這兩人選擇了哪個人呢？

F：來了很多不錯的人呢！選哪位好呢？

M：嗯，還真難選。山中小姐性格開朗又可愛。

F：是啊！喜歡做菜的佐藤先生也是個好人選呢！

M：嗯。木下先生擅長電腦，而西村小姐會說英文與中文。

F：是啊！傷腦筋。每位都不錯。不過我們這次開店後會來很多各式各樣的人，所以外語強的人可能比較……。

M：嗯。那麼，就選那位以及有朝氣的那位如何啊？

F：啊，這位性格開朗的人吧？也是，就這麼決定吧！

這兩人選擇了哪個人呢？

1. 山中小姐與佐藤先生
2. 木下先生與西村小姐
3. 山中小姐與西村小姐
4. 木下先生與佐藤先生

正解：3

重點解說

「そうしましょう」是下決定時所說的話。

文法與表現

- 今度の店はいろいろな人が大勢来るから、外国語が上手な人のほうが……。

  Nのほうが（いい）：因為省略了「いい」的部分，所以可以較柔和地傳達自己的意見。

7番 MP3 03-04-08

女の人と男の人が話しています。男の人はどれを出しますか。

F：今晩はその細いコップを使いましょう。

M：このまっすぐでちょっと長い、これですか。

F：いいえ、その持つところが細いの。

M：ああ、これですね。こっちの上が丸いのもきれいですが。

F：ええ、そうね。でも、きょうは丸いのじゃないほうがいいわ。

M：わかりました。

男の人はどれを出しますか。

女性與男性正在談話。男性要拿出哪一個呢？

F：今晚我們來使用那個細長的杯子吧！

M：是這個又直又有點長的嗎？

F：不是，是手持的地方是細的那個。

M：啊，這個對吧？不過這個上面圓圓的杯子也挺漂亮的。

F：嗯，是啊！不過，今天別用圓形的杯子比較好！

M：好吧！

男性要拿出哪一個呢？

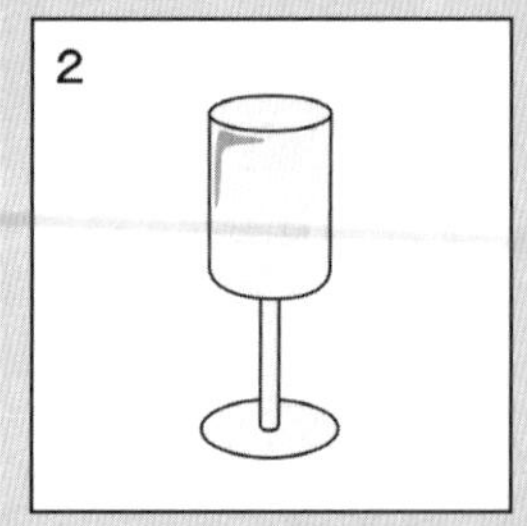

正解：2

重點解說

因為說了「その持つところが細いの」，所以知道這杯子有手持的部分。選項 1 是從上到下都細長，所以不是答案。

問題 2

1番 MP3 03-04-10

学校で女の人と男の人が話しています。女の人は今年の夏休みにどこへ行きますか。

M：佐藤さん、夏休みはどうしますか。今年も山へ行きますか。

F：山は去年行きましたから、今年は海へ行きたいです。山田さんは？

M：私も家族と海へ行きます。南の海で泳ぎます。佐藤さんも南のほうへ行きますか。

F：いいえ、私は北のほうへ花火を見に行きます。とてもきれいだと聞きましたから、見たいです。北の海は涼しいですか。

M：うーん、暑いと思いますよ。

女の人は今年の夏休みにどこへ行きますか。

1. 南の海
2. 北の山
3. 北の海
4. 南の山

在學校裡女性與男性正在談話。女性在今年暑假時要去哪裡呢？

M：佐藤小姐，暑假打算怎麼過呀？今年也是去山裡嗎？

F：因為去年就去過山裡了，所以今年想去海邊。山田先生你呢？

M：我也是要跟家人去海邊。打算在南方的海邊游泳。佐藤小姐也要去南方嗎？

F：不是，我要往北方去看煙火。因為我聽說很漂亮，所以想看看。北方的海邊涼爽嗎？

M：嗯……我想那裡很熱喔！

女性在今年暑假時要去哪裡呢？

1. 南方的海邊
2. 北方的山裡
3. 北方的海邊
4. 南方的山裡

正解：3

重點解說

本題的重點是女性今年要去的地方。從「今年は海へ行きたいです」、「私は北のほうへ花火を見に行きます」、「北の海は涼しいですか」這幾句，可知答案是選項3。

2番 MP3 03-04-11

男の人と女の人が話しています。男の人はどうして先週この店で昼ごはんを食べませんでしたか。

M：高橋さん、この近くのラーメン屋へ行ったことがありますか。僕、まだ行ったことがないんです。

F：きのう行きました。おいしかったですよ。いつもは人が多いですけど、きのうは少なかったです。

M：ああ、雨でしたからね。どのくらい待ちましたか。

F：15分くらいですね。

M：早いですね。僕も先週行きましたが、1時間待たなければなりませんでしたから、食べませんでした。今からいっしょに行きませんか。

F：きのう、食べましたから。きょうはちょっと……。

男の人はどうして先週この店で昼ごはんを食べませんでしたか。

1. 遠いから
2. おいしくないから
3. 人が多かったから
4. 食べたことがあるから

男性與女性正在談話。男性為什麼上週不在這間店裡吃午餐呢？

M：高橋小姐，妳去過這附近的拉麵店嗎？我還沒去過。

F：我昨天去了。挺好吃的。平時人總是很多，昨天就少了些。

M：啊，因為昨天下雨吧！妳等了多久？

F：15分左右吧！

M：好快喔！我雖然上週也去了，但因為必須要排到1小時，所以最後就沒有吃。現在要不要一起去呀？

F：因為我昨天吃過了，所以今天就……。

男性為什麼上週不在這間店裡吃午餐呢？

1. 因為很遠
2. 因為不好吃
3. 因為人很多
4. 因為有吃過

正解：3

重點解說

從「僕も先週行きましたが、1時間待たなければなりませんでしたから、食べませんでした」這句話，可知「1時間待つ」＝「人が多かった」這個事實。

3番 MP3 03-04-12

学校で女の人と男の人が話しています。2人は何時にどこで会いますか。

F：山田さん、午後1時からの練習ですが、2時からでもいいですか。

M：2時から4時まで授業なんです。鈴木さんは？

F：5時まででです。ちょっと遅いですね。

M：いいえ、私は大丈夫です。それまで、図書館で本を読んでいます。

F：そうですか。じゃ、授業が終わってから、図書館へ行きますね。

M：練習は音楽室でしますから、そこで会いませんか。

F：ええ、そうしましょう。

2人は何時にどこで会いますか。

1. 2時に図書館で会います
2. 4時に図書館で会います
3. 4時に音楽室で会います
4. 5時に音楽室で会います

在學校裡女性與男性正在談話。兩人要在幾點什麼地方約見面呢？

F：山田先生，下午原定1點開始的練習，可以改成2點開始嗎？

M：2點到4點我要上課。鈴木小姐妳呢？

F：我上到5點為止。有點晚對吧？

M：不會，沒關係。妳下課前我就在圖書館看書。

F：這樣啊……那麼，下課後我去圖書館。

M：因為是在音樂教室練習，就在那裡見面吧？

F：好啊，就這麼辦。

兩人要在幾點什麼地方約見面呢？

1. 2點時約在圖書館
2. 4點時約在圖書館
3. 4點時約在音樂教室
4. 5點時約在音樂教室

正解：4

重點解說

女學生的課上到5點為止。因為男學生說「大丈夫」所以知道是約5點。

4番 MP3 03-04-13

男の人と女の人が話しています。女の人はどうしてこの歌手が好きですか。

M：何聞いてるの？

F：歌。聞く？

M：うん、この歌知ってる。ああ、わかった。この人、背が高くてハンサムだから、好きなんだ。

F：違うよ。ハンサムだからじゃないよ。

M：歌が上手だから好きなの？

F：それもあるけど、話が上手でおもしろいから。今晩もテレビに出るから、山下君も見て。おもしろいから。

M：うん。

女の人はどうしてこの歌手が好きですか。

1. 話が上手だから
2. 歌が上手だから
3. ハンサムだから
4. テレビによく出るから

男性與女性正在談話。女性為什麼喜歡這位歌手呢？

M：妳在聽什麼呢？

F：我在聽歌。你要聽嗎？

M：嗯，我知道這首歌。啊，我知道了。因為這個人又高又帥，所以妳才喜歡。

F：不是啦！不是因為他帥。

M：是因為很會唱歌所以才喜歡嗎？

F：雖然也有這個因素在，但其實是因為他很會說話而且很有趣。他今晚也會在電視節目中出現，所以山下你也看看吧！真的很有趣。

M：嗯。

女性為什麼喜歡這位歌手呢？

1. 因為很會說話
2. 因為很會唱歌
3. 因為很帥
4. 因為常在電視出現

正解：1

重點解說

對於「歌が上手だから」，雖然沒有用「いいえ」來否認，卻說了「話が上手だから」這句不同於剛才的話。所以可知女性否認了「歌が上手だから」那個理由，並且主張「話が上手だから」這個理由才是喜歡的原因。

5番 MP3 03-04-14

女の人が話しています。女の人は今、何が一番好きだと言っていますか。

F：わたしは本を読むことが好きです。走ることも好きです。でも、友達といっしょに遊ぶことは好きではありませんでした。1人だったら、いつでも自分の好きなことをすることができるからです。でも、先月、学校でテニスをしました。友達と話したり、がんばったりするのはとても楽しかったです。今はそれが一番好きです。

女性正在說話。女性說她現在最喜歡什麼呢？

F：我喜歡讀書。也喜歡跑步。但我之前不喜歡跟朋友一起玩。因為要是1個人的話，隨時都能做自己喜歡的事。不過，上個月，我在學校裡打網球，發現與朋友說話、一起努力真的很快樂。我現在最喜歡做這種事了。

女の人は今、何が一番好きだと言っていますか。

1

2

3

4

女性說她現在最喜歡什麼呢？

4

正解：4

重點解說

「友達と話したり、がんばったりする」是在打網球時所做的事。

文法與表現

- 友達と話したり、がんばったりするのはとても楽しかったです。

  V（タ形）り、V（タ形）りする：從多數事物中列舉出具代表性事物的表現方式。

6番 MP3 03-04-15

駅で男の人と女の人が話しています。女の人のかばんはどれですか。

F：あのう、さっきの電車にかばんを忘れました。

M：大きいかばんですか、小さいかばんですか。

F：大きいかばんです。

M：これですか。

F：いいえ、持つところはもっと長いです。それから、外に小さなポケットがあります。中にコンピューターと本があると思います。

M：じゃ、これかな。

F：そうです。よかった。ありがとうございました。

M：いいえ。

女の人のかばんはどれですか。

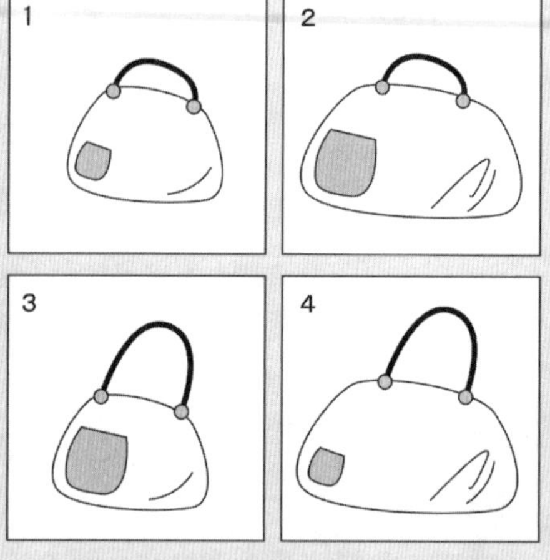

在車站裡男性與女性正在談話。女性的包包是哪個呢？

F：那個，我把包包忘在剛剛的電車內了。

M：是大包包呢？還是小包包呢？

F：是大包包。

M：是這個嗎？

F：不對，手持的地方更長。而且，包包外有一個小口袋。我想裡面有電腦跟書。

M：這樣的話，是這個囉？

F：對對。太好了。謝謝您。

M：不會。

女性的包包是哪個呢？

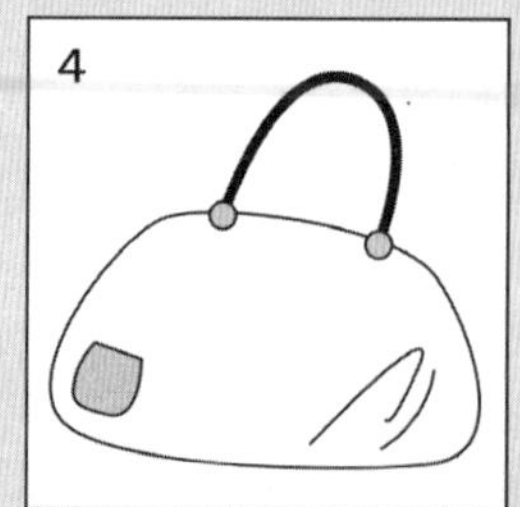

正解：4

重點解說

「大きい」「持つところは長い」「外に小さなポケット」這種題型要一邊聽，一邊檢查每一個圖。「いいえ、持つところはもっと長いです」的「いいえ」不是針對包包的大小所做的回答，是針對手持部位特徵的否定。

問題 3

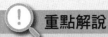

1 番 MP3 03-04-17

レストランでコーヒーが来ません。何と言いますか。

F：1. コーヒー、お待たせしました。
　　2. あのう、コーヒーください。
　　3. すみません。コーヒーはまだですか。

在餐廳時，點的咖啡沒上。該說什麼呢？

F：1. 咖啡來了，讓您久等了。
　　2. 那個，麻煩給我咖啡。
　　3. 抱歉。我點的咖啡還沒好嗎？

正解：3

重點解說

選項 1 是店員把客人點的東西端上來時所說的。

2 番 MP3 03-04-18

服の店にいます。服を着ましたが、小さいです。何と言いますか。

M：1. もう少し大きいのはありませんか。
　　2. ごめんなさい、ちょっと大きいです。
　　3. この服はどうですか。

在服飾店裡。雖然把衣服穿上了，但覺得有點小。該說什麼呢？

M：1. 你們有再大一點的嗎？
　　2. 抱歉，有點太大了。
　　3. 這件衣服怎麼樣啊？

正解：1

重點解說

當有自己想要的商品時，可以說「～はありませんか／～はありますか」。另外，呼叫店員時要說「すみません」。

3番 MP3 03-04-19

コンビニで買い物しました。袋に入れなくてもいいです。何と言いますか。

F： 1. 袋はいいです。
　　2. 袋に入れてください。
　　3. 袋に入れましょうか。

在便利商店裡買了東西。覺得商品不用裝袋也沒關係。該說什麼呢？

F： 1. 我不需要袋子。
　　2. 請放進袋子內。
　　3. 我把東西放進袋子內吧？

正解：1

重點解說

「Nはいいです」是「Nはいりません」（我不需要N）的意思。

4番 MP3 03-04-20

とてもおいしいケーキの店があります。友達と行きたいです。何と言いますか。

M： 1. おいしいケーキの店を知らない？
　　2. ケーキを食べに行かない？
　　3. ケーキとてもおいしかったね。

有間相當好吃的蛋糕店。想跟朋友去，該說什麼呢？

M： 1. 妳知道哪裡有好吃的蛋糕店嗎？
　　2. 要不要去吃蛋糕呢？
　　3. 蛋糕好好吃喔！

正解：2

重點解說

「V（ナイ形）？」可於邀約對方做某事時使用。

5番 MP3 03-04-21

女の人の日本語が速いですから、わかりません。何と言いますか。

M： 1. もう少しゆっくり話したほうがいいですよ。

2. もう少し大きい声で話してください。

3. もう少しゆっくり話してください。

因為女性說日語速度很快所以聽不懂。該對她說什麼呢？

M： 1. 妳稍微再說慢一些比較好。

2. 請稍微再說大聲一些。

3. 請稍微再說慢一些。

正解：3

重點解說

若在選項 3 的回答前附加一句「すみません」會顯得更有禮貌。

問題 4

1番 MP3 03-04-23

M：あしたテストなんだ。
F：1. 大変だったね。
2. がんばってね。
3. いつですか。

M：我明天要考試。
F：1. 真慘。
2. 加油喔！
3. 什麼時候呢？

正解：2

重點解說

「がんばってね」或「がんばってください」都是用來鼓勵對方的話。若是表明自己要努力時則使用「がんばります」。

2番 MP3 03-04-24

F：今、時間がありますか。
M：1. はい、何でしょうか。
2. 忙しいですか。
3. 今、2時10分前ですね。

F：你現在有時間嗎？
M：1. 有啊，什麼事呢？
2. 你忙嗎？
3. 現在再10分鐘就2點了呢！

正解：1

重點解說

「今、時間がありますか」是確認對方有沒有時間。後面常會接上「手伝ってほしい」（想請你幫個忙）「話したいことがある」（我有話想跟你說）等請求的句子。所以回答者會用選項1那種含有「どんな用ですか？」（有什麼事？）意思的表現來回答。

3番 MP3 03-04-25

M：来週の日曜日、うちに遊びに来ませんか。
F：1. すみません。日曜日は忙しかったんです。
2. じゃ、待っていますね。
3. 行きます。行きます。

M：下週日，要不要來我家玩？
F：1. 抱歉。因為我上週日很忙。
2. 那麼，我等你喔！
3. 我要去、我要去！

正解：3

重點解說

選項 3 把「行きます」說了 2 次，表現出自己非常想去的心情。

4 番 MP3 03-04-26

F：暑いですか。エアコンをつけましょうか。
M：1. いいえ、けっこうです。ちょうどいいです。
2. はい、今、つけます。
3. ええ、まだつけていませんよ。

F：你熱嗎？我來開冷氣吧？
M：1. 不會，不用了。這樣剛好。
2. 好的，我現在就去開。
3. 對啊，還沒開喔！

正解：1

重點解說

「エアコンをつけましょうか」的「V（マス形）ましょうか」是提議幫忙的說法。覺得不需要其提議的話，大多使用「いいえ、けっこうです」、「いいえ、いいです」、「いいえ、大丈夫です」。

5 番 MP3 03-04-27

M：ここから駅まで遠いですか。
F：1. そうですね。バスで行ってくださいよ。
2. そうですね。バスで行ったほうがいいですよ。
3. そうですね。バスで行かなければいけませんよ。

M：從這裡到車站算遠嗎？
F：1. 是啊，請搭巴士去喔！
2. 是啊，搭巴士去比較好喔！
3. 是啊，必須要搭巴士去喔！

正解：2

重點解說

選項 1「V（テ形）ください」是要求他人做某事的句型。選項 2 的「V（タ形）ほうがいい」是提議和建議他人做某事的句型。選項 3 的「V（ナイ形）な~~い~~ければいけません」則表示有做某事的義務。對於不清楚到車站的距離的人，應該用選項 2 的表現方式回答他。

6番 MP3 03-04-28

F：すみません。お待(ま)たせしました。

M：1. ちょっと待(ま)ってください。

2. いいえ、私(わたし)も今(いま)来(き)ました。

3. そうですね。急(いそ)いでください。

F：抱歉。讓您久等了。

M：1. 請稍等。

2. 沒事，我也剛到。

3. 對啊，請快點。

正解：2

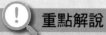

重點解說

約好時間對方卻遲到，或是自己並沒有等很久的時候，以及顧慮到對方的感受時，可以用選項 2 的方式回答。

感謝您購買 日檢 N5 聽解總合對策（全新修訂版）

為提供完整服務與快速資訊，請詳細填寫以下資料，傳真至02-2708-6157或免貼郵票寄回，我們將不定期提供您最新資訊及最新優惠。

1. 姓名：＿＿＿＿＿＿＿＿ 性別：□男 □女
2. 生日：＿＿＿年＿＿＿月＿＿＿日 職業：
3. 電話：（請務必填寫一種聯絡方式）
   （日）＿＿＿＿＿（夜）＿＿＿＿＿（手機）＿＿＿＿＿
4. 地址：□□□＿＿＿＿＿＿＿＿
5. 電子信箱：＿＿＿＿＿＿＿＿
6. 您從何處購買此書？□＿＿＿＿＿縣/市＿＿＿＿＿書店/量販超商
   □＿＿＿＿＿網路書店 □書展 □郵購 □其他
7. 您何時購買此書？ 年 月 日
8. 您購買此書的原因：（可複選）
   □對書的主題有興趣 □作者 □出版社 □工作所需 □生活所需
   □資訊豐富 □價格合理（若不合理，您覺得合理價格應為＿＿＿＿）
   □封面/版面編排 □其他＿＿＿＿＿＿＿＿
9. 您從何處得知這本書的消息： □書店 □網路／電子報 □量販超商 □報紙
   □雜誌 □廣播 □電視 □他人推薦 □其他
10. 您對本書的評價：（1.非常滿意 2.滿意 3.普通 4.不滿意 5.非常不滿意）
    書名＿＿＿ 內容＿＿＿ 封面設計＿＿＿ 版面編排＿＿＿ 文/譯筆＿＿＿
11. 您通常以何種方式購書？□書店 □網路 □傳真訂購 □郵政劃撥 □其他
12. 您最喜歡在何處買書？
    □＿＿＿＿＿縣/市＿＿＿＿＿書店/量販超商 □網路書店
13. 您希望我們未來出版何種主題的書？＿＿＿＿＿＿＿＿
14. 您認為本書還須改進的地方？提供我們的建議？

＿＿＿＿＿＿＿＿＿＿＿＿＿＿＿＿＿＿

＿＿＿＿＿＿＿＿＿＿＿＿＿＿＿＿＿＿

＿＿＿＿＿＿＿＿＿＿＿＿＿＿＿＿＿＿

＿＿＿＿＿＿＿＿＿＿＿＿＿＿＿＿＿＿

にほんごのうりょくしけん　かいとうようし

N5
ちょうかい

じゅけんばんごう Examinee Registration Number	

なまえ Name	

〈ちゅうい Notes〉

1. くろい えんぴつ（HB、No.2）で かいて ください。（ペンや ボールペンでは かかないで ください。）
Use a black medium soft (HB or No.2) pencil.
(Do not use any kind of pen.)
2. かきなおす ときは、けしゴムで きれいに けして ください。
Erase any unintended marks completely.
3. きたなく したり、おったり しないで ください。
Do not soil or bend this sheet.
4. マークれい Marking examples

よい れい Correct Example	わるい れい Incorrect Examples
●	⊗ ◯ ⊖ ⓪ ⊘ ◐ ◉

もんだい 1

れい	①	②	●	④
1	①	②	③	④
2	①	②	③	④
3	①	②	③	④
4	①	②	③	④
5	①	②	③	④
6	①	②	③	④
7	①	②	③	④

もんだい 2

れい	①	②	●	④
1	①	②	③	④
2	①	②	③	④
3	①	②	③	④
4	①	②	③	④
5	①	②	③	④
6	①	②	③	④

もんだい 3

れい	①	●	③
1	①	②	③
2	①	②	③
3	①	②	③
4	①	②	③
5	①	②	③

もんだい 4

れい	①	②	●
1	①	②	③
2	①	②	③
3	①	②	③
4	①	②	③
5	①	②	③
6	①	②	③

問題用紙

N5

聴解

(30分)

注　　意

Notes

1. 試験が始まるまで、この問題用紙を開けないでください。
   Do not open this question booklet until the test begins.
2. この問題用紙を持って帰ることはできません。
   Do not take this question booklet with you after the test.
3. 受験番号と名前を下の欄に、受験票と同じように書いてください。
   Write your examinee registration number and name clearly in each box below as written on your test voucher.
4. この問題用紙は、全部で 14 ページあります。
   This question booklet has 14 pages.
5. この問題用紙にメモをとってもいいです。
   You may make notes in this question booklet.

受験番号 Examinee Registration Number	

名前 Name	

もんだい１

もんだい１では、はじめに　しつもんを　きいて　ください。それからはなしを　きいて、もんだいようしの　１から４の　なかから、いちばんいい　ものを　ひとつ　えらんで　ください。

れい

1　いま、ちいさい　かばんを　かう

2　いま、おおきい　かばんを　かう

3　あさって　ちいさい　かばんを　かう

4　あさって　おおきい　かばんを　かう

1ばん

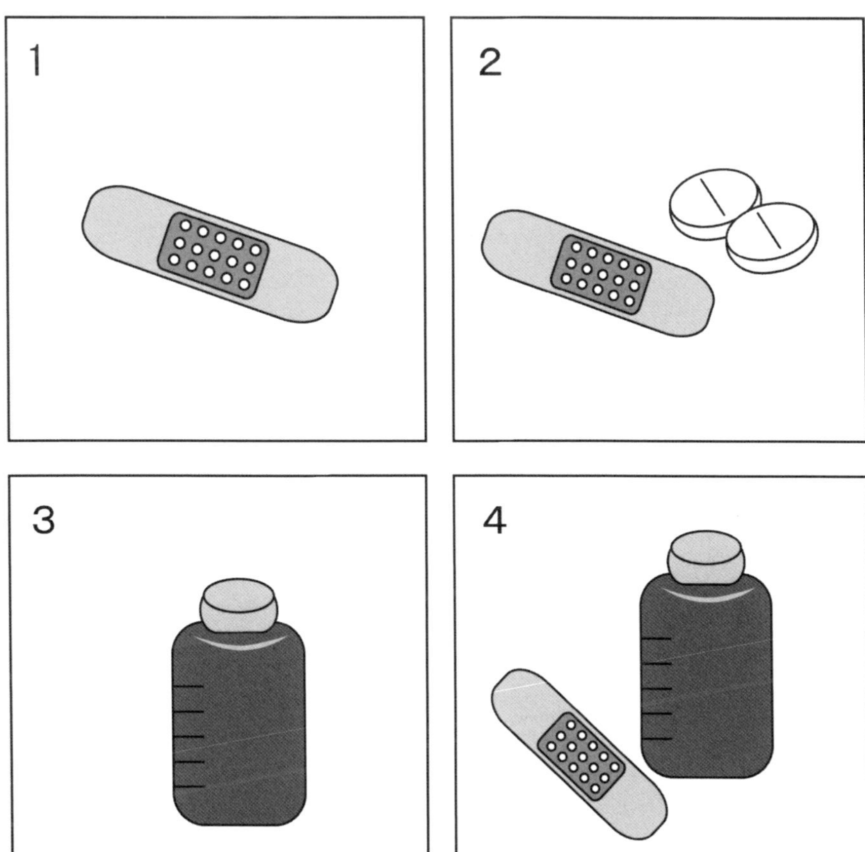

2ばん

1　おちゃと　ケーキ

2　おちゃと　コーヒー

3　こうちゃと　コーヒー

4　こうちゃと　コーヒーと　ケーキ

3 ばん

1　コンピューターを　つくえに　おく

2　クーラーを　つける

3　コピーする

4　みずを　つくえに　おく

4 ばん

1　ぎゅうにゅう

2　ぎゅうにゅうと　たまご

3　ぎゅうにゅうと　たまごと　くだもの

4　ぎゅうにゅうと　くだもの

5ばん

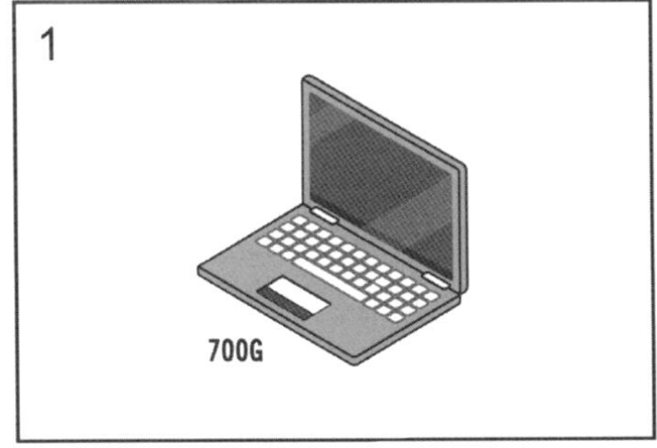

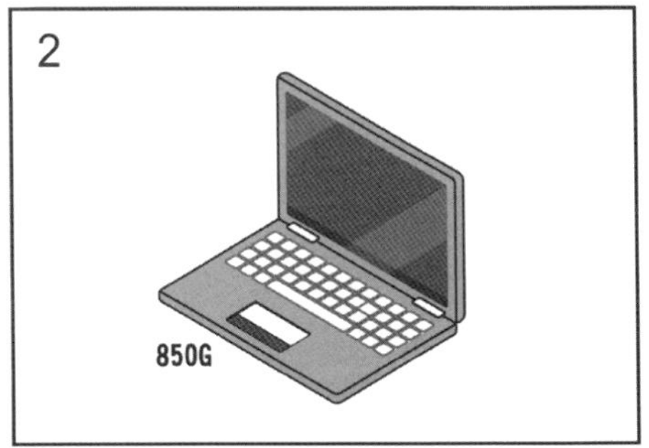

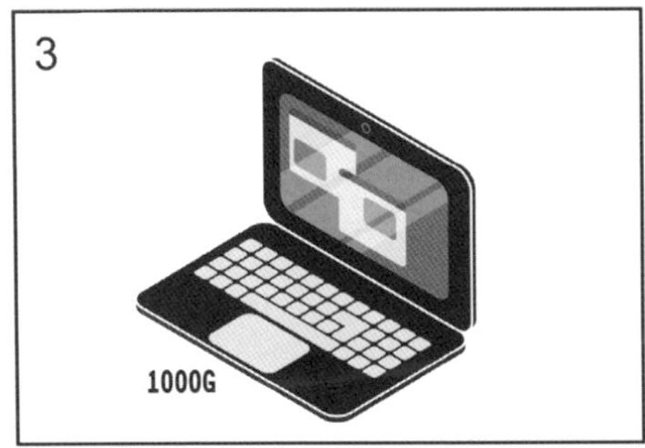

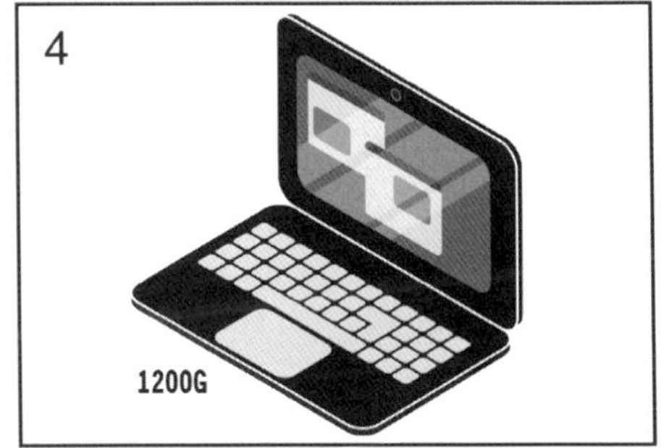

6ばん

1　やまなかさんと　さとうさん

2　きのしたさんと　にしむらさん

3　やまなかさんと　にしむらさん

4　きのしたさんと　さとうさん

7 ばん

もんだい 2

　もんだい 2 では、はじめに　しつもんを　きいて　ください。それから　はなしを　きいて、もんだいようしの　1 から 4 のなかから、いちばんいい　ものを　ひとつ　えらんで　ください。

れい

1　としょかん

2　きょうしつ

3　きっさてん

4　うち

1ばん

1　みなみの　うみ

2　きたの　やま

3　きたの　うみ

4　みなみの　やま

2ばん

1　とおいから

2　おいしくないから

3　ひとが　おおかったから

4　たべたことが　あるから

3 ばん

1　2じに　としょかんで　あいます

2　4じに　としょかんで　あいます

3　4じに　おんがくしつで　あいます

4　5じに　おんがくしつで　あいます

4 ばん

1　はなしが　じょうずだから

2　うたが　じょうずだから

3　ハンサムだから

4　テレビに　よく　でるから

5ばん

6ばん

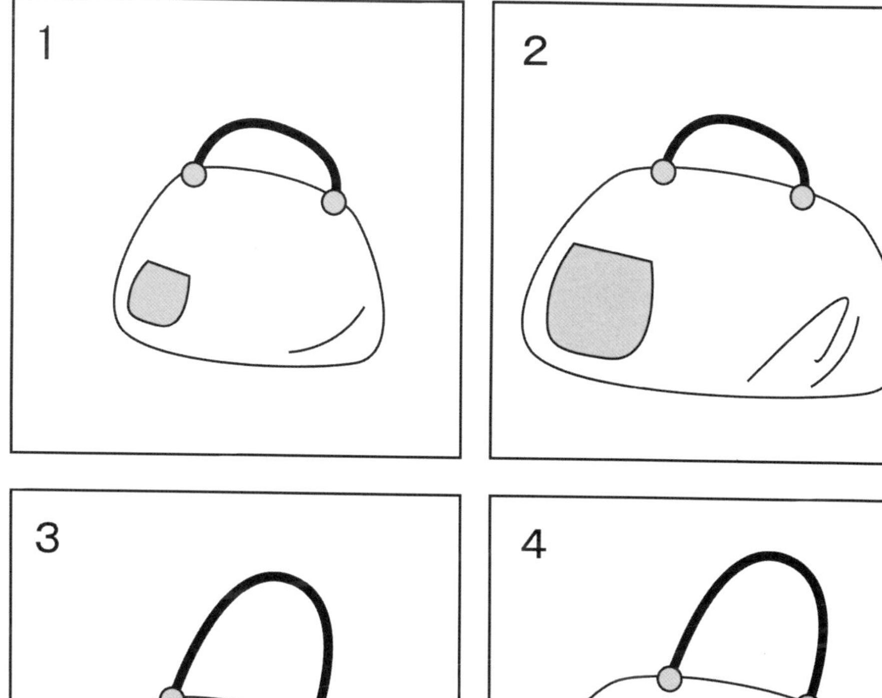

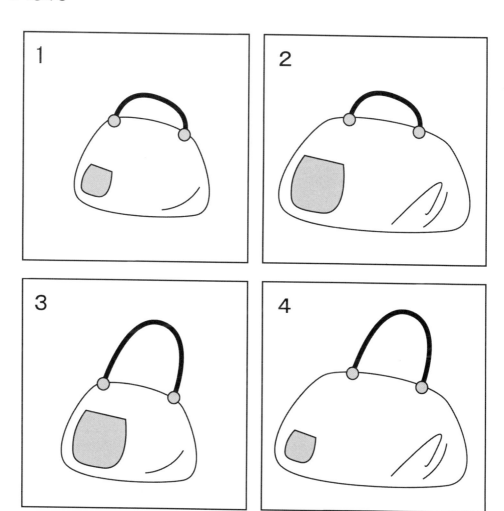

もんだい 3

もんだい 3 では、えを　みながら　しつもんを　きいて　ください。　➡（やじるし）の　ひとは　なんと　いいますか。　1 から 3 の　なかから、いちばん　いい　ものを　ひとつ　えらんで　ください。

れい

1ばん

2ばん

3 ばん

4 ばん

5ばん

もんだい４

もんだい４は、えなどが　ありません。ぶんを　きいて、１から３の　なかから、いちばん　いい　ものを　ひとつ　えらんでください。